Helen Brooks

Melodía en el corazón

 HARLEQUIN™

Editado por Harlequin Ibérica.
Una división de HarperCollins Ibérica, S.A.
Núñez de Balboa, 56
28001 Madrid

I.S.B.N.: 978-84-687-6751-2
Depósito legal: M-31649-2015
Impresión en CPI (Barcelona)
Fecha impresion para Argentina: 30.5.16
Distribuidor exclusivo para España: LOGISTA
Distribuidor para México: CODIPLYRSA
Distribuidores para Argentina: Interior, DGP, S.A. Alvarado 2118.
Cap. Fed./Buenos Aires y Gran Buenos Aires, VACCARO HNOS.

Capítulo 1

CÓMO has podido desear algo con todo tu corazón, vivir durante horas días y semanas interminables, anticipando el momento en que llegara a suceder, y estar completamente aterrorizada ahora que ya ha sucedido?»

Melody cerró los ojos con fuerza y se esforzó por recuperar el control. Era capaz de hacer aquello. De hecho, tenía que hacerlo. No tenía elección. Esa noche su cama del hospital podría ocuparla otra persona, y estaba completamente prohibido compartirla.

El breve instante de humor negro la ayudó a recuperarse. Abrió los ojos y relajó los puños. Aquella habitación había sido su casa durante tres meses desde el accidente. Una de las enfermeras que la atendía le había dicho que a los pacientes que se preveía tuvieran un ingreso largo los acomodaban en aquellas habitaciones individuales con baño. Ella sospechaba que Sarah, la enfermera, había tratado de advertirle que no esperara milagros. Le levaría tiempo recuperarse de la lesión que había sufrido en la columna y en las piernas al ponerse delante de un camión una mañana. Nada más despertar de la anestesia después de la primera operación, y ver la expresión del rostro de Zeke, supo que su vida había cambiado para siempre.

«Basta. No pienses en él. Esta mañana has de ser fuerte».

Obedeciendo a su voz interior, Melody agarró su chaqueta de invierno. A pesar de que el hospital tenía calefacción central, sabía que en el exterior hacía un frío terrible. Los expertos habían anunciado unas Navidades blancas, y parecía que por una vez iban a acertar. Ya había nevado una pizca aquella mañana y el cielo estaba muy oscuro.

Melody se acercó a la ventana y contempló la vista por última vez. El aparcamiento estaba lleno, como siempre, y la gente caminaba por las calles de Londres en sus quehaceres diarios. Gente normal. Se mordió con fuerza el labio inferior. Chicas que podrían ponerse una minifalda o un bikini ese verano, sin pensárselo dos veces. Ella había sido así, sin embargo, cada vez que veía una revista o un anuncio de la televisión, solo encontraba mujeres perfectas con piernas largas y piel delicada.

«Basta». Se apartó de la ventana, odiándose por autocompadecerse cuando menos lo esperaba. Era afortunada por estar con vida. Lo sabía, y se sentía agradecida por ello. Al parecer, debido a las lesiones y a la gran pérdida de sangre que sufrió en el accidente, había estado en estado crítico durante días. Recordaba vagamente a Zeke sentado en su cama, sujetándole la mano en la sala de Cuidados Intensivos, y había tardado una semana entera en despertar y descubrir que su cabeza volvía a funcionar como antes.

Parecía que había pasado mucho tiempo. En cuanto fue posible la trasladaron del hospital de Reading a ese, especializado en lesiones medulares. Hasta hacía poco ella no se había enterado de que Zeke había intervenido para que fuera así, ni de que con su tipo de lesión era fundamental tener atención especializada para una buena recuperación a largo plazo. Sin embargo, haberse enterado antes no habría influido en su decisión de finalizar su matrimonio.

Melody atravesó cojeando la habitación y miró la maleta que había preparado aquella mañana. Ya tenía toda la documentación que necesitaba y se había despedido del personal, sin embargo, le costaba marcharse del lugar que se había convertido en su refugio durante los últimos meses, aunque había anhelado recuperar el control de su vida. Allí no importaba que cojeara al caminar. El personal de enfermería se sentía orgulloso de que ella hubiese luchado tanto para volver a caminar. Y en lugar de hacer una mueca al ver sus cicatrices, la halagaban por haber soportado las dolorosas sesiones de fisioterapia día tras día.

Afuera la esperaba el mundo real. El mundo de Zeke. Melody tragó saliva. Un reino donde los ricos tenían el poder, y todo debía ser perfecto. Ella había vivido en ese mundo una vez, por poco tiempo.

Enderezó los hombros y se recordó que ese tipo de pensamientos la debilitarían, cuando lo que necesitaba era estar fuerte. No obstante, ese día le costaba mucho controlar su mente tal y como había hecho desde que le había dicho a Zeke que su matrimonio había terminado y que no quería que la visitara nunca más.

Zeke James, un destacado empresario y rey del mundo del espectáculo. Un mundo que dirigía de manera distante e implacable. Ella había oído hablar de él antes de conocerlo durante una audición para un papel de bailarina en un espectáculo. Zeke era conocido por todos en el mundo del espectáculo.

Melody había llegado tarde a la audición, algo impensable si realmente pretendía conseguir el trabajo. Por cada bailarina elegida, había más de cien decepcionadas. Había una competencia feroz y los empleos eran escasos. Ese día, la señora Wood, una mujer mayor que vivía en la planta baja de la casa en la que Melody estaba viviendo, había encontrado muerto a su gato en la calle y estaba tan afectada que Melody no se había atrevido a dejarla sola hasta que no llegó la hija. Después, corrió hasta el teatro donde se hacían las audiciones, llegó allí sin aliento y colorada y el director le echó la bronca delante de todo el mundo, sin darle opción a explicar por qué había llegado tarde. Cuando salió al escenario para bailar su pieza, había perdido la esperanza de conseguir el papel de bailarina principal que había solicitado.

Quizá ese fuera el motivo por el que bailó los pasos que había practicado cada tarde a la perfección... No tenía nada que perder. Se había sentido como si su cuerpo fuera un instrumento musical bien afinado, y respondió ante los acordes del piano fluyendo con el ritmo y con gran precisión.

A Melody le temblaron los labios un instante. Nunca volvería a sentirse de ese modo. Una pérdida momentánea de concentración y había terminado para siempre con la carrera que tanto se había esforzado en forjar. Todos los ensayos que había realizado de pequeña, el tiempo que había pasado forzando su cuerpo para alcanzar un estado físico y una agilidad extrema, ya no servía para nada. Los años que había pasado bailando en clubs y cabarets para adquirir experiencia, el tiempo que había trabajado como camarera para pagar el alquiler, la falta de oportunidad para echar raíces en algún lugar, puesto que la mayoría de las compañías de danza actuaban en el extranjero, los sueldos bajos y la disciplina constante, ya no servían para nada.

«Pero nada es tan importante como haber perdido a Zeke».

Melody continuó de pie en aquella pequeña habitación, inmersa en sus recuerdos.

La primera vez que vio a Zeke fue cuando, después de la audición, alguien se levantó en el auditorio y comenzó a aplaudir despacio. Ella permaneció de pie, jadeando ligeramente y sin saber cómo reaccionar, mirando a un hombre alto de cabello oscuro y rasgos duros.

–Excelente, señorita... –él había consultado el papel que llevaba en la mano–. Señorita Brown. Más vale tarde que nunca. ¿O es que tenemos una diva entre nosotros que espera que nos sintamos agradecidos por el hecho de que haya venido?

Ella enseguida tuvo el presentimiento de que era Zeke James. Detrás del escenario se rumoreaba que el hombre estaba presenciando la audición. No le cayó bien desde el primer momento. Sus palabras estaban llenas de sarcasmo.

Melody trató de mantener la calma y dijo:

–Siento haber llegado tarde, pero ha sido inevitable.

–¿De veras? –preguntó él–. ¿Me gustaría saber qué era más importante para usted que un papel en mi producción? Supongo que habrá sido un asunto de vida o muerte.

–De muerte.

Durante un instante, él la miró sorprendido.

–Lo siento –repuso Zeke, mirándola fijamente antes de sentarse.

Una vez entre bastidores, un par de bailarinas que Melody conocía se acercaron a ella para que les contara lo que había sucedido.

–¿Un gato? –Katie, una ambiciosa pelirroja la miró incrédula–. Cuando te oímos hablar de que alguien había muerto pensamos que era alguien muy cercano, pero ¿un gato?

–Puede que para vosotras solo sea un gato, pero era el compañero y el mejor amigo de la señora Wood y ella estaba destrozada –contestó, consciente de que Katie nunca lo comprendería.

El mundo de la danza era muy competitivo y solo una de cada diez bailarinas inscritas en Equity estaba trabajando. Las perspectivas siempre eran malas. Todos los profesores de danza que había tenido le habían insistido en que solo los bailarines más dedicados y talentosos eran los que llegaban a tener éxito.

Katie, que también se había presentado para el papel de bailarina principal, dijo:

–Cariño, eres un encanto, de veras, pero yo no habría hecho esperar a Zeke James ni aunque mi querida madre se hubiera muerto delante de mis ojos esta mañana. En este mundo tienes que ocuparte de lo más importante, porque nadie más lo hará por ti. O comes o te comen.

Una de las otras bailarinas intervino en ese momento.

–Todas sabemos que nos pisotearías a cualquiera, Katie, si de ese modo pudieras conseguir lo que deseas, así que imagina a una mujer y a su gato.

–Es cierto –sonrió Katie–. Y la única diferencia

entre tú y yo es que yo lo admito sin problema. Tú harías lo mismo, Sue. Y tú, Christie. Todos lo haríamos, excepto quizá Melody, nuestro angelito.

De pronto, se percataron de que Zeke James, el director de la compañía y el productor estaban tomándose un café, de pie, a poca distancia de ellas. Era evidente que los hombres habían oído la conversación, porque Zeke se acercó a ellas con una cara muy seria y murmuró para que nadie más pudiera oírlo:

–Es la primera vez que alguien le da más importancia a un gato que a mí, señorita Brown. Una experiencia novedosa.

Él se retiró antes de que Melody pudiera vengarse, y cuando ella miró a Katie, supo que la bailarina sabía en todo momento que Zeke James estaba escuchándolas.

Diez minutos más tarde las hicieron subir de nuevo al escenario. A Melody le habían dado el papel de Sasha y Katie era la suplente. Y al salir del teatro, se encontró con que Zeke la esperaba en un Ferrari de color negro...

«Basta». Melody negó con la cabeza y se esforzó para no pensar en ello.

Movió la cabeza para liberar su cabello rubio rojizo del cuello de la chaqueta y agarró la maleta con manos temblorosas. Respiró hondo y consiguió tranquilizarse. Una pequeña victoria, pero alentadora.

«Todo va a salir bien», pensó. Lo tenía todo planeado. Lo único que tenía que hacer era ir poco a poco. El personal del hospital pensaba que iba a quedarse en casa de unos amigos, pero en cuanto ella se enteró de que podría marcharse el día antes de Nochebuena llamó a varios hoteles de Londres hasta que encontró una habitación libre y la reservó para una semana entera. Debido a un problema con los informes del hospital le dieron el alta un día más tarde, pero en el hotel le mantuvieron la reserva cuando se enteraron de que llegaría el día de Nochebuena. La habitación era cara, pero ella se sentía afortunada por haber encontrado donde alojarse en esas fechas.

Una vez en el ala principal, Melody se emocionó al ver cómo las enfermeras se arremolinaban a su alrededor a pesar de que ya se había despedido de ellas por la mañana. Cuando por fin entró en el ascensor para dirigirse a la planta baja, se sentía como si estuviera adentrándose a un territorio hostil.

Cuando el ascensor se detuvo y se abrieron las puertas, tuvo que forzarse a moverse.

Un hombre robusto pasó junto a ella de camino al ascensor y, debido a sus lesiones, ella estuvo a punto de perder el equilibrio. Melody se tambaleó y el peso de la maleta impidió que recuperara el equilibrio. Horrorizada, pensó que se iba a caer. Se había negado a llevar bastón o muletas, pero una cosa era caminar por el pasillo donde estaba su habitación y otra muy distinta recorrer una recepción llena de gente.

De pronto, un par de brazos fuertes la sujetó y, segundos después, alguien le retiró la maleta de las manos.

—Hola, Melody —la voz de Zeke era inexpresiva y la mirada de sus ojos color negro, indescifrable.

—¿Qué...? —preguntó ella mirándolo asombrada—. ¿Cómo...?

—Las preguntas más tarde —la guio hasta la puerta sujetándola del codo—. Ahora salgamos de aquí.

Capítulo 2

FUE el aire frío del exterior lo que la hizo reaccionar. Melody retiró el brazo con fuerza y se detuvo para mirar a Zeke.

–¿Qué haces aquí?

–¿No es evidente? He venido a recoger a mi esposa –contestó con calma, pero Melody sabía que no era así como se sentía. Zeke era experto en disimular sus emociones y pensamientos y eso era uno de los atributos que hacía que siempre tuviera éxito.

Tenía muchos más.

A los treinta y ocho años, Zeke ya llevaba veinte construyendo su imperio, gracias a una fuerte determinación privada de sentimientos. No respetaba a las personas, durante los dos años que llevaban casados, fue el día de su veinticinco cumpleaños cuando subió al altar, Melody se había dado cuenta de que Zeke trataba a cada artista de la misma manera, independientemente de que fuera una gran estrella o una principiante. Él esperaba que tuvieran dedicación completa y que se comprometieran al cien por cien, y si lo conseguía se convertía en un hombre encantador. Si no...

Por supuesto, su carisma ayudaba, sobre todo con las mujeres. Era un hombre alto y corpulento, aunque no tenía ni un gramo de grasa en el cuerpo. Sus facciones eran demasiado duras como para considerarlo atractivo, pero había algo en él que emanaba un magnetismo que enfatizaba su masculinidad y su atractivo sexual.

Los ángulos de su rostro resaltaban gracias a su cabello oscuro y sus ojos negros, pero era su boca lo que a ella siempre le fascinaba. En reposo era deliciosamente irregular y al mirarla sentía un cosquilleo en el estómago, y su voz... En su primera cita Melody había pensado que podría escuchar aquella voz grave durante años. Y todavía lo pensaba.

No obstante, había tomado una decisión y era irrevocable. Ya no pertenecía al mundo de Zeke. Quizá nunca lo había hecho. Y no estaba dispuesta a aferrarse a él hasta que incluso los recuerdos de los momentos más felices de su vida fueran amargados por el presente. Nunca había comprendido cómo era posible que él hubiera llegado a amarla, y menos cuando él podía tener a la mujer que quisiera, pero la Melody con la que se había casado había desaparecido.

Tratando de que no le temblara la voz, Melody dijo:

—¿Cómo sabías que me marchaba hoy? No se lo he dicho a nadie.

—Yo no soy nadie. Soy tu marido —esbozó una sonrisa.

Melody se estremeció. Reconocía muy bien esa sonrisa que no era sincera, a pesar de que nunca se la había dedicado a ella. Claro que tampoco nunca se había enfrentado a su voluntad.

—Estamos separados y te he pedido el divorcio.

—Y yo te he dicho que solo lo conseguirás pasando por encima de mi cadáver —dijo él con naturalidad—.

Bueno, ¿nos quedamos aquí discutiendo con este frío o vas a ser lo bastante sensata como para acompañarme a casa?

–No tengo intención de hacer ninguna de las dos cosas –miró hacia la parada de taxis que estaba fuera del recinto hospitalario–. Voy a tomar un taxi hasta mi destino, así que, ¿me das la maleta, por favor?

Él negó con la cabeza.

–No.

–Lo digo en serio, Zeke.

–Yo también.

–De acuerdo. Quédatela –tenía el bolso donde llevaba el dinero y las tarjetas–, pero déjame en paz.

–¡Ya basta! –exclamó él–. Te he dejado en paz seis semanas, tal y como pediste. Pensé que habría sido tiempo suficiente para que entraras en razón, después de que el médico me dijera que mi presencia te disgustaba y entorpecía tu recuperación, pero no pienso permitir que esta farsa continúe ni un minuto más. Eres mi esposa y estamos en esto juntos para siempre ¿recuerdas? Para lo bueno y para lo malo, en la salud y en la enfermedad, hasta que la muerte nos separe.

Melody solo oyó la parte de *para siempre*. Pensó en el cumplimiento del deber, en hacer lo correcto, a pesar de que todo lo que él transmitía era lo contrario. No pudo evitar sentirse pequeña, insegura.

Zeke nunca había ocultado el hecho de que le gustaba deleitarse con su cuerpo. Cada noche, e incluso alguna vez durante el día, le había hecho el amor, trasladándola a lugares inimaginables. Era un amante generoso y con talento, aventurero e infinitamente cariñoso, siempre dispuesto a darle placer mientras satisfacía su propio deseo. Melody nunca se había acostado con otro hombre, ya que siempre había querido esperar al adecuado. De pronto, Zeke había aparecido en su vida y en menos de dos meses desde la primera cita, ella se había convertido en la señora James.

Melody respiró hondo justo cuando empezaba a nevar.

—Hacen falta dos para mantener un matrimonio, Zeke. No puedes obligarme a que me quede.

—No puedo creer que esté oyendo esto.

—Pues hazlo, porque hablo en serio. Ahora todo es diferente.

—¿Estás diciendo que ya no me quieres? —preguntó él—. ¿Es eso?

Ella bajó la mirada para evitar la de Zeke. Era la única manera de mentir.

—Sí, eso es. Ya no te quiero.

—Dímelo mirándome a los ojos —la sujetó por la barbilla—. Dime que estás preparada a olvidar los dos últimos años y todo lo que hemos compartido, como si nunca hubiera sucedido. Dímelo, y mírame mientras lo haces.

—Por supuesto que ha sucedido, y siempre estaré agradecida por ello, pero las cosas cambian. La gente cambia.

—¡Yo no he cambiado! —exclamó él, y negó con la cabeza, como disculpándose por haber elevado el tono de voz—. Yo no he cambiado —repitió más calmado—. Y no creo que tú lo hayas hecho.

—Yo sí —dijo ella, con tanta amargura que él tuvo que creerla.

Se había casado con una mujer joven y plena, sin

embargo, ella ya no se sentía joven y era evidente que estaba destrozada por dentro y por fuera. Y en el mundo de Zeke no había lugar para lisiados físicos o emocionales.

–¿Te refieres al accidente? ¿A tus piernas? –preguntó en voz baja–. Eso a mí no me importa... Lo sabes, ¿verdad? Sigues siendo tú...

–No. Soy diferente, Zeke. Y no puedes sacar una varita mágica y convertirme en la vieja Melody, igual que no puedes fingir que no estoy lesionada. Nunca podré volver a bailar. Ni siquiera podré caminar sin una muleta. Tengo meses de fisioterapia intensiva por delante y ya me han advertido de que cuando me haga mayor tendré muchas posibilidades de tener artritis. Incluso podría acabar en silla de ruedas.

–Lo sé. He hablado con el doctor varias veces, y he planificado el tratamiento con él –antes de que ella pudiera reaccionar, él la agarró del brazo y añadió–. Empieza a nevar y te estás quedando helada. Al menos, ven a sentarte en el coche.

–Te he dicho que voy a tomar un taxi.

Él llevaba un abrigo negro y la miraba fijamente. Ella se fijó en que el cabello se le rizaba sobre la nuca, cuando acostumbraba a llevar el pelo corto, casi al estilo militar. ¿Se lo había dejado a propósito o pensaba cortárselo? Por algún motivo, al pensar en ello Melody flaqueó, y para contrarrestar empleó un tono de voz más duro de lo necesario.

–Y no quiero que vuelvas a hablar con mi médico, ¿de acuerdo? Y mucho menos que tomes decisiones sobre mi tratamiento. Puedo cuidar de mí misma. Ya no estamos juntos, Zeke. Asúmelo.

Después de todo, antes de conocer a Zeke había

cuidado de sí misma durante años. Su abuela le había contado que su padre había abandonado a su madre antes del parto, y puesto que su madre había fallecido cuando Melody era un bebé, no tenía ningún recuerdo de ella. Melody se había criado con su abuela materna. No tenía tíos, ni primos, ya que su madre era hija única, y sus abuelos se habían divorciado y el abuelo se había marchado antes de que ella naciera.

Había tenido una infancia solitaria, sobre todo porque su abuela no le había facilitado que entablara amistad con otros niños. Melody asistía a clases de baile dos veces por semana y a los dieciséis años fue aceptada en la escuela de danza. Nada más graduarse, su abuela falleció dejándole una pequeña herencia. Ella se mudó de su ciudad natal al oeste de Inglaterra a la capital, donde comenzó a buscar trabajo como bailarina. Por supuesto, también tuvo que aceptar otro tipo de trabajos para poder pagar las facturas, pero había sido bastante feliz mientras esperaba su gran oportunidad. De pronto, consiguió el papel de Sasha, conoció a Zeke y su vida cambió para siempre.

—Te estás comportando como una niña, Melody —dijo Zeke—. Al menos deja que te lleve a tu destino. Qué crees que voy a hacer, ¿gritar? ¿Secuestrarte y hacer que vayas en contra de tu voluntad?

Era exactamente el tipo de cosa que él podía hacer y la expresión de Melody servía como respuesta. La mirada de sus ojos verdes era el reflejo de sus pensamientos.

—Te doy mi palabra, ¿qué te parece? Ya sabes que tenemos que hablar. Al menos, me debes una conversación. La última vez que hablamos estabas histérica y yo tenía a la mitad del equipo médico del hospital acusándome por entorpecer tu recuperación. Entonces, no pude comprender qué había hecho mal, y todavía no lo comprendo. Y pienso llegar al fondo de todo esto.

—Te escribí la semana pasada —dijo ella, consciente de que él tenía razón, pero ¿cómo podía explicarle a Zeke que no se entendía ni a sí misma? Solo sabía que era imposible que siguieran juntos—. No hay nada más que decir.

—Ah, sí, una notita encantadora —repuso Zeke con sarcasmo—. Unas líneas diciéndome que querías el divorcio, y que esperabas que fuera amistoso. Pues, tengo noticias para ti: No pienso permitir que te alejes de mí. Eres mi esposa. Los votos que pronuncié eran para siempre. No una pequeña promesa que podía olvidarse cuando fuera necesario.

—No soy una posesión, Zeke, como tu Ferrari o tu villa en Madeira. Soy capaz de pensar y sentir.

—No tergiverses mis palabras —contestó él con calma—. Ahora, ¿vas a permitir que te lleve a tu destino sin montar un numerito o voy a tener que tomarte en brazos y llevarte al coche? Tú eliges. A mí me vale cualquier opción.

Melody no cometió el error de decirle: *no te atreverás*. Sabía que Zeke se atrevería. Lo miró fríamente y permitió que la guiara hasta el coche. No era difícil de encontrar, no había muchos Ferrari de color negro en el hospital. El coche era su principal distintivo.

Cuando Zeke la ayudó a subir al coche nevaba con fuerza. Él no arrancó inmediatamente, se volvió hacia ella y colocó el brazo en el respaldo de su asiento.

—Te he echado de menos —dijo él, mirándola con ternura—. Cada minuto, cada hora.

«No, no hagas eso». Ella podría lidiar con su rabia y su enfado, al fin y al cabo así era la persona que el resto del mundo conocía, un hombre duro, decidido y despiadado Sin embargo, con ella él siempre había sido lo contrario. Y cuando un hombre tan grande como Zeke se comportaba con ternura, resultaba terriblemente seductor. Desde la primera noche, cuando él la esperó fuera del teatro, se había mostrado abierto y vulnerable con ella.

Zeke se había criado en casas de acogida desde los ocho años, cuando su madre, una mujer soltera, lo había abandonado después de varios años de rechazo y había desaparecido. Él había admitido que había sido un niño problemático durante su infancia y su juventud, y que recordaba que un profesor le había dicho que se convertiría en un sinvergüenza o en un millonario, o quizá en ambas cosas, después de que a los treinta años saliera a la luz otra de sus fechorías.

—Ese profesor me hizo un favor, aunque él no lo supiera —le había contado él una noche mientras cenaban en un restaurante, cuando llevaban saliendo un par de semanas—. Fue uno de esos momentos de la vida donde hay que tomar una decisión. Habría sido fácil tomar el camino oscuro, puesto que ya estaba a mitad de camino, pero labrarse una fortuna de manera legal era más difícil. Un reto mayor. Y puesto que siempre me gustaron los retos decidí demostrarle algo al profesor y a mí mismo.

Ella recordaba que lo había mirado fascinada.

—¿Y ese es el único motivo por el que elegiste el camino de la ley y el orden?

—Debería decirte que no, que en el fondo quería ser bueno y hacer cosas buenas, ¿no? —había contestado él con una pícara sonrisa–. Sin embargo, lo cierto es que entonces no pensaba de esa manera. Viví en barrios malos cuando estuve con mi madre, y me mezclé con todo tipo de gente, después, en las casas de acogida aprendí a tener mucha resistencia. Era un joven enfadado, supongo. Y habría sido un sinvergüenza estupendo.

Melody se había reído.

–Me alegro de que eligieras el camino que elegiste –le dijo.

Zeke le había acariciado la mano.

–Yo también. Y más en este momento. Me habría resultado muy difícil mirarte a los ojos y pedirte que amaras a un hombre como ese.

–¿Eso es lo que me estás pidiendo que haga? ¿Qué me enamore de ti?

–Yo me enamoré de ti en el momento en que te subiste en el escenario y me pusiste en mi sitio, y nunca le había dicho a otra mujer que la quería, porque no era verdad. No quiero presionarte, pero quiero casarme contigo, Melody. Quiero que seas mi esposa, la madre de mis hijos, mi compañera de por vida. Te quiero, te deseo, te necesito y te adoro –le soltó la mano y se acomodó en su asiento–. ¿Eso contesta a tu pregunta?

Esa misma noche se comprometieron y seis semanas más tarde se casaron. Melody se sentía como si su vida hubiera comenzado el día que conoció a Zeke. Tener a alguien que la amara había sido muy agradable.

Ella volvió la cabeza y dijo:

–No deberías haber venido aquí hoy, Zeke.

–Tonterías. Nada podría haberlo evitado.

La nieve cubría el limpiaparabrisas con un manto blanco, encerrándolos en su pequeño mundo. El aroma de su loción de afeitar se mezclaba con el olor a cuero de los asientos, provocando que Melody recordara escenas que habría preferido no recordar y que se derritiera por dentro.

Sabía que él iba a besarla y, cuando él la sujetó por la barbilla para que lo mirara, no se resistió. Le dio un beso delicado y sensual y ella tuvo que esforzarse para no responder ante la magia de sus labios.

Cuando él se separó de ella, vio que Melody tenía los ojos entornados y la miró fijamente.

–Ya veo –murmuró al cabo de un momento–. ¿Crees que puedes mantener tu postura?

Se acercó de nuevo a Melody y ella tragó saliva.

–No sé a qué te refieres.

Él sonrió.

–Por supuesto que no –se inclinó hacia delante y la besó de forma apasionada. Cuando terminó, Melody temblaba de deseo–. Lo ves –ladeó la cabeza y la miró–. Así mucho mejor –le retiró un mechón de pelo de la mejilla–. ¿Podemos irnos a casa?

Melody lo miró y, de pronto, un fuerte sentimiento de rabia empañó cualquier otro sentimiento.

Separándose de él, le dijo:

–¿Crees que eso es todo lo que hace falta? ¿Que tras un beso puedes hacer lo que quieras conmigo? No voy a ir a casa contigo, Zeke. Hoy no, mañana tampoco, nunca –ignorando su mirada furibunda, continuó–. Lo aceptes o no, nuestro matrimonio ha terminado. Y si no piensas llevarme al hotel donde he reservado, llegaré allí por mis propios medios.

Hubo una larga pausa durante la que él agarró el

volante con tanta fuerza como si quisiera romperlo. Después, sin decir nada más, arrancó el motor.

—¿Dónde quieres ir? —preguntó con frialdad, esperando a que ella le diera la dirección del hotel.

Ella había ganado. Él había cedido. Y mientras salían del recinto del hospital ella continuaba aturdida, incapaz de pensar. Eso lo haría más tarde, cuando estuviera sola. Hasta entonces debía permanecer en esa especie de burbuja donde se encontraba. Era la única manera de mantener la cordura.

Capítulo 3

MELODY no había visto ninguna fotografía del hotel, y puesto que todos estaban llenos por Navidad no había tenido mucho donde elegir, así que, cuando Zeke se detuvo frente al exterior de un edificio bastante deteriorado, Melody no pudo evitar suspirar.

–Lo siento –dijo ella–. De veras, pero algún día te darás cuenta de que esto es lo mejor. Gracias por haber venido a verme hoy, pero creo que a partir de ahora será mejor si nos comunicamos únicamente a través de los abogados.

Zeke no dijo nada, salió del coche y se acercó a su puerta para ayudarla a salir.

Melody salió del vehículo moviéndose de manera torpe debido a sus lesiones y, consciente de que a Zeke le gustaban las mujeres elegantes, no pudo evitar sentirse muy mal. Esa era la realidad, y si a él no le gustaba su torpeza, significaba que era verdad que no podían tener un futuro juntos.

Ella lo miró mientras él cerraba la puerta del pasajero, pero su rostro estaba inexpresivo. Cuando sacó la maleta y Melody se disponía a agarrarla, él la ignoró, la sujetó del brazo y la guio hacia la entrada del hotel.

El interior del hotel tenía mucho mejor aspecto que el exterior y, una vez dentro, ella dijo:

–Gracias –y estiró la mano para recoger la maleta–. Yo puedo llevarla a partir de ahora.

–Siéntate –la dejó sobre una de las butacas que había en la recepción–. Te registraré y pediré que suban la maleta a tu habitación antes de ir a comer. ¿Necesitas algo de la maleta antes de que se la lleven?

Melody negó con la cabeza. La medicación la llevaba en el bolso.

–Pienso que no...

–Bien. No pienses –dijo él con sarcasmo–. Por una vez en tu vida, escucha y nada más.

Ella lo observó mientras él se acercaba a la recepción. La cabeza le daba vueltas, le dolían las piernas y la espalda. Los médicos le habían advertido que estaría muy cansada después de haber pasado tanto tiempo en la cama y ella había decidido que tomaría un taxi para ir al hotel, y después descansaría en su habitación y utilizaría el servicio de habitaciones si necesitaba algo. No esperaba sentirse tan débil, pero quizá tenía más que ver con su encuentro con Zeke y no con su estado físico.

Él regresó al cabo de unos minutos.

–Ya está todo arreglado –dijo satisfecho–. Y dentro de una hora sirven la comida en el restaurante, así que le he pedido al conserje que aparque el coche. Tienen un par de plazas reservadas para los empleados, pero han sido muy amables conmigo.

Melody no lo dudaba. El dinero tenía la capacidad de solucionar ese tipo de asuntos, y Zeke siempre era muy generoso.

–He pensado que preferirías comer aquí en lugar de en otro sitio –comentó él, y se sentó a su lado–. Pareces cansada. Y he pedido un café mientras esperamos.

Melody se sentía muy frágil. ¿Cómo se atrevía a imponerse así? ¿Y qué quería decir con que parecía cansada? ¿Que estaba poco atractiva? Pues no hacía falta que él se lo dijera. El espejo hacía su trabajo cada mañana. No había dormido bien desde el accidente, y cuando conseguía dormir no paraba de tener pesadillas.

Melody lo miró un instante y después se volvió para mirar por la ventana que había junto al sofá. Los copos de nieve cubrían los tejados de las casas y, era evidente, que iban a ser unas navidades blancas. El año anterior había pasado las vacaciones esquiando en Suiza, y cada tarde regresaban a su cabaña para pasar la noche abrazados delante de la chimenea. Ella tenía pendiente actuar en una gran producción en Año Nuevo en el West End, y la vida le iba bien. Habían hablado de que algún día formarían una familia, pero sería años después. La mayoría de las bailarinas terminaban su carrera profesional a los treinta y tantos años y Zeke estaba dispuesto a esperar a que ella estuviera preparada.

Como si hubiera sido capaz de leer su mente, él dijo:

–Parece que este año no tendremos que ir a buscar la nieve. Ha venido a buscarnos ella.

–Excepto que no se puede esquiar en Bayswater Road –dijo Melody, consciente de que nunca volvería a hacer ese tipo de deportes–. A menos que quieras que se te lleven los hombres de bata blanca.

Zeke se rio, pero inmediatamente su sonrisa desapareció.

–Háblame, Dee –le suplicó, utilizando de manera inconsciente el apodo cariñoso con el que solía dirigirse a ella–. Dime cómo te sientes, de qué va todo esto... Necesito saberlo, ¿no lo comprendes? Eso de que no sientes lo mismo que antes por mí no es una buena excusa.

Era cierto y no lo era al mismo tiempo. Y en el fondo, ella sabía que tendría que darle una explicación para que Zeke pudiera aceptar que la relación había terminado. Al mismo tiempo, sabía cuál era su postura respecto a la enfermedad. Durante los años que había vivido con su madre, y antes de que ella se marchara, se había criado en los peores barrios, relacionándose con drogadictos y personas muy deterioradas. Eso lo había llevado a tomar la decisión de cuidar de su propio cuerpo y no podía comprender a aquellos que no cuidaban de su salud. Su cuerpo de bailarina, ligero y atlético, era uno de los motivos por los que él se sentía atraído por ella. Melody lo sabía, aunque él nunca se lo había dicho tan claro. Y a partir de entonces...

Melody lo miró a los ojos y, eligiendo las palabras con cuidado, dijo:

–Zeke, ¿me escucharás de verdad y no me interrumpirás hasta que haya terminado? ¿Lo harás?

Él asintió.

–Sí me dices la verdad...

–Antes me preguntaste si todavía te quiero y la respuesta es que por supuesto que sí –al ver que él se movía, ella levantó la mano–. Me lo has prometido –le recordó.

–Continúa –dijo él, mirándola fijamente.

–Ahora, después del accidente, no es suficiente con que yo te quiera y tú me quieras. Desde pequeña lo único que he deseado hacer es bailar. Era mi vida.

Estuve completamente dedicada al ballet hasta que crecí demasiado, pero puesto que podía seguir bailando no me importó demasiado. Ya sabes lo competitivo que es el mundo del espectáculo, pero nunca dudé ni un instante, porque necesitaba bailar. Era así de sencillo. Y ahora, todo ha terminado.

El camarero la interrumpió para servir el café y Melody esperó a que se marchara para continuar.

–Sé que ese día podía haber muerto, y me alegro de estar viva, pero ya nada volverá a ser como antes. Me siento perdida, lo admito, pero sé que si no quiero ahogarme en la autocompasión tengo que crear una nueva vida para mí, lejos del mundo en el que he vivido durante la última década. Y Zeke... –hizo una pausa–. Tú eres la personificación de ese mundo. Te encanta. Es tu alimento. Toda tu vida.

Zeke se movió otra vez y ella lo detuvo levantando la mano.

–Esas son solo algunas de las razones por las que tengo que marcharme. Estás rodeado de mujeres que te ven como el medio para entrar en el negocio. Mujeres bellas, jóvenes con talento, ambiciosas... En el pasado nos hemos reído acerca de lo que algunas serían capaces de hacer para llamar tu atención. Yo estaba delante cuando te han hecho proposiciones. Sé hasta dónde están dispuestas a llegar. Entonces, no me gustó y ahora me gusta menos.

Estaba temblando y bebió un sorbo de café. Necesitaba la cafeína. La parte restante era la más difícil de decir.

–Antes yo podía ser todo lo que tú necesitas. Ahora no puedo. Hemos de ser sinceros y enfrentarnos a los hechos. Tienes una esposa lisiada. Tú, el rey del mundo del espectáculo. Y cuando asistamos a eventos o cenas y caminemos por la alfombra roja, yo iré cojeando a tu lado. Incluso puede que llegue un día en el que tengas que empujar mi silla de ruedas. O en el que yo me quede en casa, preguntándome qué mujer será la que pruebe suerte esa noche contigo. Me convertiré en alguien que no quiero ser y tú también cambiarás. No quiero que terminemos así. Es mejor dejarlo ahora, mientras todavía nos queremos y tenemos buenos recuerdos de la relación.

Zeke la miraba como si estuviera loca.

–Tonterías –soltó furioso–. No estás hablando de nosotros. Lo que tenemos es mucho mejor y más fuerte de lo que has contado. Y esas supuestas mujeres bellas de las que has hablado... ¿Qué eres tú, sino eres bella? ¿Por dentro y por fuera?

–No lo soy, Zeke, ya no. Tengo cicatrices... Marcas rojas y abultadas en la piel que solías decir que era como seda de color miel. No se quitarán nunca. Las tendré hasta el día de mi muerte.

–No me importan tus cicatrices. Solo porque afectan a la percepción que tienes de ti misma.

–No las has visto –lo miró, muriéndose por dentro.

–¿Y de quién es la culpa? Cuando te pedí que me las enseñaras te pusiste histérica, me echaron de la habitación y me advirtieron que no volviera a mencionártelo. Me dijeron que me las enseñarías cuando estuvieras preparada. Después, me comunicaron que mis visitas te hacían daño y que era mejor que te diera un poco de tiempo. Pues si ese tiempo es lo que ha provocado que se te ocurrieran todas esas tonterías que me has dicho, debería haber continuado visitándote. Te quiero, con cicatrices y todo, y no me gusta que me consideren un mujeriego dispuesto a acostarse con cualquier mujer. No soy así, y lo sabes.

Ella se sonrojó a causa del enfado.

—Yo no he dicho eso.

—Es exactamente lo que has dicho —repuso furioso—. De acuerdo, deja que te pregunte una cosa. ¿Y si hubiese sido yo el que hubiese sufrido el accidente? ¿Y si me hubiesen hecho a mí todas las operaciones y hubiese estado todo ese tiempo en el hospital? ¿Y si fueran mis piernas? ¿Estarías mirando a tu alrededor en busca de otra persona?

—Por supuesto que no. Sabes que no.

—Entonces, ¿por qué diablos crees que lo haría yo? ¿Y qué te hace pensar que tu amor es superior al mío? Porque eso es lo que estás insinuando, por mucho que intentes disimularlo, y no me gusta.

—Estás tergiversando mis palabras —dijo ella, al borde de las lágrimas—. Nunca he dicho que mi amor sea mejor que el tuyo.

Zeke observó sus labios temblorosos, las ojeras oscuras, y su rostro demacrado, blasfemó en voz baja y la abrazó.

—No llores —murmuró—. No quiero hacerte llorar. Quiero quererte, cuidar de ti y hacer que todo esté bien, pero me estás volviendo loco. Durante las últimas semanas he estado a punto de perder la cordura. Incluso he llegado a venir al hospital por las noches y esperar en el aparcamiento para estar cerca de ti. Una locura, ¿verdad? Pues ha sido así.

Melody se relajó contra su cuerpo unos instantes. En lugar de tranquilizarla, las palabras de Zeke le habían demostrado que no veía las cosas con claridad.

Él no podía conseguir que todo estuviera bien, nadie podía conseguirlo, y lo que él había mencionado antes acerca de permanecer a su lado hasta el final resonaban en su cabeza. Zeke consideraba que quedarse a su lado, apoyarla y protegerla, era su deber. Y aunque sabía que también la quería, no le gustaba que fuera el motivo para continuar con el matrimonio. No podría soportar vivir con alguien que se compadecía de ella.

Separándose de él, se bebió el resto del café. Al cabo de un momento, él hizo lo mismo, pero no dejó de mirarla mientras bebía.

–En parte, esto tiene que ver con tu abuela, ¿lo sabes, verdad? Una gran parte.

–¿De qué diablos estás hablando? Mi abuela murió hace años.

–Sé que ella te crio y que la querías –dijo él–, pero por lo que me has contado no le gustaban demasiado los hombres. Nunca permitió que olvidaras que tu padre abandonó a tu madre, y todos los días te mencionaba las aventuras amorosas de tu abuelo, ¿no es así?

–Eso es una exageración.

–No tanto. Ella fue inculcándote el veneno de su propia amargura durante años. No fue capaz de superar que, al final, él la abandonó. Ni siquiera después de haber aguantado durante todo el matrimonio que él no dejara de fijarse en otras mujeres.

Melody alzó la barbilla y lo miró.

–¿Y por qué debería haberlo perdonado? Era un hombre odioso. Si hubiese sido mi marido lo habría llevado al veterinario para que le hiciera cierta operación.

Zeke esbozó una sonrisa.

–Lo tendré en mente –contestó él–, pero lo cierto es que sus prejuicios acerca de los hombres te afectaron, provocando que te sientas insegura en ciertos temas. Admítelo. Es la verdad, Dee, y lo sabes.

–No haré tal cosa –¿cómo se atrevía a criticar a su abuela de esa manera?–. Y lo que hicieron mi abuelo y mi padre no tiene nada que ver con esta situación.

–No es una situación, Dee –dijo Zeke–. Es nuestro matrimonio y, a pesar de lo que digas, sus infidelidades tienen mucho peso en tu forma de verlo. ¿Alguna vez pensaste que envejeceríamos juntos? ¿Lo hiciste? Porque yo creo que no. Y no me importaba, porque mi intención era demostrarte que estabas equivocada y que no iba a marcharme a ningún sitio.

Ella se sentía confusa. Él lo estaba removiendo todo, y no era justo. Ella se había preparado para lo inevitable durante semanas, blindando su corazón contra cualquier esperanza, y no podía permitirse regresar a los momentos posteriores del accidente, cuando no sabía qué hacer. Había sido peor después de comprender que la única manera de conservar su dignidad sería abandonar a Zeke. No podría soportar ver cómo dejaba de amarla porque su vida de pareja no funcionaba. Su trabajo, sus colegas, sus amigos, todo formaba parte de un mundo en el que ella ya no tenía cabida. Lo mismo que los había unido era lo que los obligaba a separarse. Una ironía.

–Solo sé que no puedo continuar con esto, Zeke –dijo ella–. No puedo.

En esos momentos se abrieron las puertas del hotel y entró una familia japonesa con dos niñas hablando animadamente. Las pequeñas llevaban un abrigo rojo y un gorro a juego y, al verlas, Melody no pudo evitar sonreír a la madre a pesar de cómo se sentía.

–Es la nieve –dijo la mujer en un inglés perfecto–. Deseaban tener unas navidades blancas para que Papá Noel y los renos pudieran aparcar el trineo aquí y sentirse como en casa.

–Es muy importante –convino Melody, mirando a las niñas–. No olvidéis dejar unas zanahorias para los renos, ¿de acuerdo? Acaban muy cansados después de repartir tantos regalos en una sola noche.

Las niñas se rieron, aunque Melody no estaba segura de si la habían entendido o no.

–¿Y qué hay de la familia que dijimos que formaríamos un día? –le preguntó Zeke mirándola muy serio–. ¿Dónde encajan los hijos en ese futuro que planeas para ti?

Ella agachó la cabeza, permitiendo que su cabello rubio rojizo ocultara su rostro.

–En ningún sitio –susurró, consciente de que si no tenía hijos con Zeke no los tendría con nadie. La idea de que otro hombre la tocara era impensable. Era la mujer de Zeke y siempre lo sería, en cuerpo y alma, aunque no pudiera estar con él.

–Ya veo. Así que has tomado esa decisión en mi nombre. Qué amable. ¿Y tengo derecho a protestar por haber perdido la oportunidad de ser padre?

–No tienes por qué perderla. Podrías tener hijos con otra mujer –continuó sin mirarlo.

–Si no fuera porque estamos en un sitio público, te diría exactamente lo que pienso de lo que acabas de decir –repuso furioso–. ¿De veras crees que otra mujer puede remplazar tu sitio? ¿De veras? ¿Nada de lo que te he dicho en el pasado significa algo para ti?

Me he enamorado de ti. No quiero a nadie más que a ti. Nunca querré a nadie más. Escucha lo que te estoy diciendo, ¡maldita seas!

Melody nunca lo había visto tan enfadado como cuando cometió el error de levantar la vista. Su rostro era el de un peligroso desconocido y la furia marcaba el tono de su voz.

A Melody estuvo a punto de traicionarle el corazón, pero sin que le temblara la voz consiguió decir:

—Esto era lo que pretendía evitar y por eso no quería verte. No quiero pelear contigo, Zeke, pero hablo en serio y no conseguirás hacerme cambiar de opinión. Si quieres marcharte y no quedarte a comer, me parece bien.

Ella observó cómo controlaba la rabia despacio gracias al autocontrol. En otras ocasiones había visto su capacidad para controlar sus emociones, y casi había sentido miedo. Al cabo de unos momentos, él sonrió, y solo aquellos que lo conocían muy bien se habrían dado cuenta de que no era una sonrisa de verdad. No obstante, ella lo conocía muy bien.

—Estoy aquí y voy a quedarme —contestó Zeke.

Y a Melody le dio la sensación de que no solo estaba hablando de la comida.

Capítulo 4

PERMANECIERON en un tenso silencio hasta que la recepcionista se acercó para decirles que la mesa del restaurante ya estaba preparada para ellos.

El restaurante era un lugar agradable, pero nada parecido a los sitios caros a los que Zeke solía llevarla. Sin embargo, las decoraciones navideñas eran bonitas y daban un aire festivo a la habitación.

Después de que él camarero les llevara las cartas para que eligieran, apareció otro para preguntarles por la bebida. Zeke la miró y sonrió.

–Puesto que estamos de celebración, creo que pediremos una botella del mejor champán –le dijo al camarero sin dejar de mirar a Melody.

El camarero sonrió. Era evidente que ese era el tipo de cliente que le gustaba. Además, en Navidad todo el mundo solía dar buenas propinas.

Melody esperó a que el hombre se marchara para decir:

–¿Y qué celebramos?

–Que has salido del hospital y que la vida puede empezar de nuevo –su sonrisa era retadora–. ¿Eso no se merece un buen champán?

«No voy a picar en ese anzuelo», se dijo en silencio. Alzó la barbilla, se encogió de hombros y dijo:

–Creía que no te gustaba conducir si has bebido.

–Tienes razón –dijo él–. No me gusta.

Conteniéndose para no preguntarle qué pensaba hacer con el Ferrari, puesto que sabía que era eso lo que él deseaba que hiciera, Melody se concentró en el menú. Sin duda, llamaría a uno de sus sirvientes para que recogiera el coche y tomaría un taxi para regresar a casa. No le importaría estropearle a alguien su plan para Nochebuena.

Entonces, inmediatamente, se sintió avergonzada de sí misma. Zeke no se aprovechaba de sus empleados. Ella estaba siendo malvada, y no era su estilo. No obstante, durante los meses posteriores al accidente había descubierto que no se conocía a sí misma

Siempre había pensado que era una persona centrada y equilibrada, pero el accidente la había descolocado tanto física como emocionalmente. Había sacado a la superficie una larga lista de bloqueos emocionales que revelaban sus inseguridades, remontándose hasta el momento en que su padre la abandonó, dejándola sola con su madre. Era evidente que él no había querido responsabilizarse de ella, ¿habría sido el motivo de su ruptura?

De pronto, Melody se percató de que el camarero había regresado para servirles dos copas de champán. Cuando terminó y colocó la botella dentro de un cubo con hielo, se marchó de nuevo. Entonces, Zeke levantó la copa hacia ella.

–Por ti –dijo con voz suave–. Mi bella, vulnerable, exasperante, dulce e incomparable esposa. El centro de mi universo.

Melody también había levantado la copa, pero la dejó sin beber un sorbo.

–Zeke, no.

–¿No qué? ¿No puedo decirte lo mucho que te adoro? Es cierto, Dee.

–No tienes por qué decirlo –le dolían las piernas, y recordó qué aspecto tenían debajo de la ropa que llevaba.

–¿No tengo? –él negó con la cabeza–. ¿Desde cuándo he dejado de hacer algo porque no estaba bien? De acuerdo, está claro que el brindis no te ha gustado. ¿Qué te parece si brindamos por nosotros? –sugirió levantando la copa.

–Zeke –Melody frunció el ceño.

Él sonrió sin más.

–Entonces, por las fiestas. Feliz Navidad para todos. ¿Te parece lo bastante impersonal? ¿Puedo brindar por eso?

Melody probó el champán. Estaba delicioso. Un Dom Pérignon suave, seductor y sofisticado, al estilo de Zeke. Ella lo miró.

–Muy rico –dijo, tratando de no fijarse en que él sonreía.

–¿A que sí? –convino él–. ¿Tienes hambre?

Sorprendentemente, por primera vez desde el accidente, Melody sentía una pizca de hambre

–Un poco –asintió.

–Bien. Tienes que engordar –ignorando la mueca que ella hizo al oír su comentario, continuó–. Yo pediré salmón *en croûte* para empezar y la paletilla de cordero de segundo. El postre lo pensaré después.

Melody habría elegido lo mismo, pero sintiendo que necesitaba reafirmar su independencia dijo:

–Yo pediré *pâtê* de champiñones y ternera en

salsa –dejó el menú y bebió otro sorbo de champán. Al sentir las burbujas en la boca, recordó que debía de tener cuidado. No había bebido alcohol en los últimos meses y aquel champán era tan peligroso como delicioso. Y con el humor que tenía Zeke necesitaba mantener la mente clara. En el pasado nunca había podido resistirse a él, con o sin alcohol.

El camarero se acercó a la mesa y mientras Zeke hablaba con él, Melody lo observó detenidamente. Estaba tan atractivo como siempre, pero parecía cansado. ¿Habría trabajado demasiado? Antes de casarse con él había oído que era conocido por trabajar sin parar cuando era necesario. Era una persona incapaz de delegar. Había creado su pequeño imperio a base de sangre, sudor y lágrimas, y se sentía muy orgulloso de ello, aunque no siempre se sentía tan seguro de sí mismo como hacía creer a la gente. Por ejemplo, respecto a ella.

Eso había sido lo que primero la había cautivado cuando comenzaron a salir. Él estaba loco por ella, pero se sentía inseguro por lo que ella sentía por él, y eso la había sorprendido. Casi nunca solía hablar de su infancia, pero las veces que lo había hecho ella se había percatado de que en el pasado había tenido problemas con el amor, el compromiso y la confianza hacia las mujeres.

La idea la molestaba, y durante las semanas anteriores había tratado de relegarla a lo más profundo de su mente.

Zeke encontraría a otra persona con facilidad. Su abuela siempre le había dicho que hombres y mujeres no tenían el mismo concepto del amor.

–Incluso el mejor de los hombres buscará una mujer más joven y más esbelta en algún momento, Melody. Recuérdalo y prepárate para el día que suceda.

Durante un instante fue como si su abuela estuviera allí con ella, y Melody pestañeó para regresar a la realidad. Zeke le había dicho que la opinión de su vida acerca del amor la había afectado, y a ella no le había gustado, pero ¿sería verdad? ¿La habría afectado negativamente?

Pensar así era traicionar a la mujer que la había criado y que se había sacrificado para que pudiera recibir las clases de baile que tanto deseaba, y Melody odiaba que fuera así. Los hombres se obsesionaban con el cuerpo de las mujeres y su aspecto. El número de mujeres de mediana edad abandonadas por sus maridos los demostraba. Era evidente que los hombres no eran monógamos por naturaleza.

Al salir de su ensimismamiento comprobó que se había terminado la copa de champán y que Zeke la miraba fijamente. Él le rellenó la copa en silencio y le preguntó después:

—¿En qué estabas pensando? Tenía que ver conmigo, ¿verdad?

Ella no pensaba contárselo, pero tenía que decirle algo. Miró a su alrededor y dijo:

—Solo que el día de hoy no está saliendo como había planeado.

—¿De veras creías que después de tres meses ingresada iba a permitir que hicieras todo esto tú sola?

—Soy más que capaz de cuidar de mí misma –dijo ella–. No soy una niña.

—Créeme Dee. Nunca te he visto como una niña. Exasperante, incomprensible a veces, pero no una niña.

Ella se sonrojó al ver deseo en su mirada. Bebió otro sorbo de champán y, al darse cuenta de lo que estaba haciendo, dejó la copa con brusquedad.

–Tranquila –le agarró la mano como si tuviera todo el derecho a tocarla cuando quisiera y ella nunca le hubiera pedido el divorcio–. Soy yo, ¿recuerdas? Tu marido.

Le acarició la palma de la mano con el pulgar y después se la llevó a los labios. Ella se quedó boquiabierta y no pudo disimular su reacción, retiró la mano y lo miró.

–No hagas eso –dijo ella.

–Te gusta que te toque. No lo niegues. Y a mí me gusta acariciarte, Dee. ¿Recuerdas cómo solía ser? –posó la mirada sobre sus labios y ella notó que los pezones se le ponían turgentes a causa del deseo que la invadía–. Hacíamos el amor en cualquier lugar, y en cualquier momento. Y eso era lo que hacíamos, Dee. El amor. No solo teníamos sexo, aunque fuera estupendo.

Las palabras de Zeke evocaron imágenes que ella prefería no recordar. Imágenes que solían invadir sus sueños y que provocaban que se sintiera destrozada cuando despertaba y descubría que él no estaba a su lado.

–Como aquella vez en Madeira, cuando estabas preparando tortitas para el desayuno y descubrimos otro uso para el sirope de arce –murmuró–. Te prometo que nunca había probado algo tan bueno. No llegamos a comernos las tortitas, ¿verdad?

Se habían devorado el uno al otro en el suelo de madera de la cocina y, después de darse una ducha juntos para quitarse los restos del sirope, habían hecho el amor otra vez, despacio y delicadamente para que durara. Habían sido días mágicos.

Consciente de que estaba en un sitio público y de que no podía ceder ante la angustia que le generaban sus palabras, Melody trató de mantener el control. No importaba lo bien que lo hubieran pasado juntos. Eso formaba parte del pasado. Ya no era la chica que solía rodearlo con sus piernas suaves y esbeltas, disfrutando de ver cómo se deleitaba con el placer que recibía de su cuerpo. Nunca más volvería a sentirse tan desinhibida, tan llena de alegría, tan suya. No esperaba que él lo comprendiera, apenas lo comprendía ella, pero su instinto de supervivencia le decía que debía marcharse antes de marchitarse y morir intentando ser la persona de la que él se había enamorado. No soportaba la idea de que la compasión reemplazara al deseo y la pasión que él había sentido por ella.

—Dee, tú me deseas. Tanto como yo te deseo a ti. Necesitas sentirme dentro de ti tanto como yo necesito estar en tu interior. Quiero hacerte el amor durante horas. Sin prisa, porque tenemos todo el tiempo del mundo, ahora que estás a mi lado otra vez. Siempre que tengas dudas o tengas alguna preocupación, yo me encargaré de recordarte que juntos estamos bien.

—No, no puedes hacer eso, y no estoy contigo otra vez, no de la manera que tú insinúas —Melody trató de combatir el deseo sexual que la invadía por dentro.

—Eres mía, siempre serás mía, y lo sabes —se inclinó hacia delante—. Nuestra casa te está esperando, y me estoy muriendo al vivir allí solo. No puedo estar allí sin imaginarte entre mis brazos, haciendo el amor en cada habitación, como hicimos la primera semana después de mudarnos allí –la miró unos instantes y susurró–. Este es el primer día del resto de la vida que pasaremos juntos.

–Ya basta. Déjalo ya o me voy ahora mismo.

Zeke la miró a los ojos y blasfemó en voz baja. Después se acomodó en la silla y se terminó la copa de champán.

El camarero les sirvió el primer plato y, al cabo de unos minutos, cuando comenzaron a comer, Zeke comentó:

–No sé si quiero besarte o estrangularte.

–No te preocupes porque no te permitiré hacer ninguna de las dos cosas –repuso ella–. Por cierto, este *pâté* está riquísimo.

Zeke la miraba de forma penetrante mientras intentaba asimilar cómo había cambiado Melody. No recordaba que ninguna mujer le hubiera dicho que no antes. Hasta que conoció a Melody, siempre había sido él el que terminaba las relaciones.

–Entonces, ¿estás decidida a continuar con esta farsa ridícula? –dijo él, después de terminarse el salmón.

Melody lo miró fijamente:

–¿Te refieres a la separación? Por supuesto.

–¿Por supuesto? Yo nunca lo habría dado por supuesto. Claro que, ¿quién soy yo? Nada más que un hombre cualquiera.

Melody lo miró con suspicacia. Nadie podría decir que Zeke James era un hombre cualquiera.

Zeke rellenó las copas de champán mientras el camarero retiró los platos vacíos. De fondo se oían villancicos y, por la ventana, se veía que los árboles ya estaban cubiertos de nieve.

Melody se volvió hacia Zeke y dijo sin pensar:

–Está nevando mucho. En cuanto termines de comer deberías pensar en marcharte.

Con esas condiciones climatológicas, Zeke tardaría el doble de tiempo en llegar a su casa de las afueras de Reading. Además, el Ferrari, por muy bonito que fuera no era el coche ideal para transitar por la nieve. Zeke podía quedarse atrapado en cualquier lugar.

–¿No puedes esperar para deshacerte de mí? –murmuró él.

–Eso por un lado, pero también me preocupa que te quedes atrapado a causa de una tormenta de nieve en mitad de algún sitio. Cada vez hay más viento, ¿o no te has dado cuenta?

–Me he dado cuenta.

Melody se encogió de hombros.

–No digas que no te lo advertí.

–Teniendo en cuenta que no has parado de advertirme cosas desde esta mañana, ni se me ocurriría.

Él seguía sonriendo y, por su tono de voz, ella sabía que no había decidido rendirse. No quería pelear con él. Se sentía agotada y solo quería tranquilidad, pero sabía que no la tendría hasta que no consiguiera alejarse de Zeke. Su intención era desaparecer durante algunos meses en cuanto se sintiera un poco mejor. No pensaba pedirle ni un centavo de su fortuna, siempre había conseguido ganarse la vida a base de trabajar en los bares y restaurantes, y podría hacerlo otra vez. Incluso podría ejercer como profesora de baile en un futuro.

El camarero apareció de nuevo con el plato principal, pero ella ya no tenía apetito. Zeke la miraba como si estuviera tratando de leer su pensamiento, como si tratara de encontrar una grieta en su armadura.

–No comes –le dijo señalando su plato–. ¿Estás cansada?

Ella asintió. El esfuerzo de salir del hospital y el encuentro con Zeke, algo que esperaba posponer hasta encontrarse más fuerte, le había robado más energía de la que ella consideraba posible. Los médicos le habían dicho que, al principio, tendría momentos de agotamiento, pero ella no esperaba que fueran tan intensos. Lo único que deseaba era meterse en la cama.

–¿Quieres pasar del postre por ahora? –preguntó él.

Ella no sabía a qué se refería con lo de *por ahora*, pero estaba demasiado cansada para preguntar. Había comido más de lo que había comido durante las últimas semanas, y el champán se le había subido a la cabeza.

No quería postre. Asintió de nuevo. Podría quedarse dormida allí mismo.

Zeke levantó la mano para llamar al camarero y, al cabo de un momento, se marcharon del restaurante. Ella sabía que le costaría caminar. La musculatura no le funcionaba como antes, y de vez en cuando se le agarrotaba, pero la fisioterapeuta le había dicho que sería algo temporal. Zeke la llevaba agarrada del codo y eso ayudaba. De todos modos, ella era plenamente consciente de su cojera y se preguntaba qué estaría pensando él. Siempre le decía que tenía la gracia de una gacela, y Melody sabía que no se lo diría nunca más.

Una vez en el recibidor del hotel, ella se detuvo y se volvió hacia él. Zeke llevaba un elegante traje gris, una camisa color melocotón claro y una corbata, y nunca había estado tan atractivo. El oscuro magnetismo que formaba gran parte de su atractivo era muy potente.

Adormecida, Melody dijo:

—Gracias por la comida. Y a pesar de que puede que te haya parecido lo contrario, te agradezco que hayas venido al hospital, aunque no era necesario. Espero que tengas un buen viaje de regreso a Reading.

Zeke estaba tenso, pero dijo con tranquilidad:

—Necesitas descansar. Iré a buscar la llave de la habitación.

—Yo puedo ir... —se calló al ver que él ya se dirigía a la recepción.

Melody lo vio hablar con la recepcionista durante unos instantes antes de guardarse la llave en el bolsillo. Después, Zeke regresó a su lado, la agarró del brazo y dijo:

—He pedido que a las cuatro lleven té y pastel a la habitación. Así podrás dormir dos o tres horas, ¿de acuerdo?

—Zeke...

—No montes un numerito, Dee. No con toda esta gente alrededor. No querrás estropearle a nadie la Navidad, ¿verdad?

Melody no tenía fuerza para liberarse de su mano, así que aceptó que no le quedaba más opción que permitir que la acompañara hasta el ascensor. No quería que Zeke la acompañara hasta la habitación. El recibidor era un lugar neutral para las despedidas, y tenían a mucha gente alrededor. En su habitación la situación sería muy diferente.

Sin embargo, no tuvo elección. Zeke la acompañó hasta la habitación y abrió la puerta. En ese momento, Melody descubrió que él no tenía intención de marcharse.

Se echó a un lado para dejarla pasar, pero ella se detuvo en el umbral de lo que evidentemente era una suite.

—Esta no es mi habitación. Yo no he reservado esto —suspiró—. He pedido una habitación doble.

—Es evidente que te han subido de categoría —dijo él, guiándola hasta el lujoso salón decorado con un árbol de Navidad.

—Lo has hecho tú —miró a su alrededor—. Quiero mi habitación, la que reservé en un principio.

—La recepcionista me dijo que la habían ocupado nada más cambiarla por esta cuando llegamos —dijo Zeke con tono de satisfacción—. Considéralo tu buena acción de Navidad. Es probable que esas personas no pudieran pagar esta suite, y era la única habitación disponible cuando llegamos, así que, tenerla nosotros significa que alguien más tendrá una feliz Navidad.

Melody contestó algo de muy mala educación y ambos se quedaron sorprendidos. Después, asimiló el significado de lo que Zeke había dicho.

—¿Qué quieres decir con *nosotros*? —preguntó furiosa—. Esta es mi habitación y voy a quedarme en ella sola... Seré yo quien pague por ella —«de algún modo», pensó.

—Ya está pagada —contestó Zeke, aparentemente impasible ante su rabia.

—Seguro que puede solucionarse.

—¿Y crear un montón de molestias a los empleados? —negó con la cabeza—. Parece que no tienes nada de humanidad. ¿No te has contagiado del espíritu navideño?

Melody nunca había estado tan cerca de pegar a alguien, y se sorprendió porque nunca se había considerado una persona violenta. Apretando los dientes, respiró hondo y dijo:

—Quiero que te vayas, Zeke. Ahora mismo.

—En cuanto estés acostada. Y no te preocupes que no voy a saltar sobre ti. Veo que estás agotada, cariño.

Fue la manera en que pronunció la última palabra lo que acabó con su resistencia. Temiendo que iba a ponerse a llorar, Melody dijo:

—Voy al baño —y se dirigió hacia allí caminando con decisión.

La suite tenía tres habitaciones. Una era un pequeño estudio con todo lo necesario para mantenerse conectado con el mundo, y las otras dos, dormitorios con baño.

Al entrar en el baño del segundo dormitorio, Melody cerró la puerta y permaneció de pie unos instantes, con los ojos cerrados. Le costó un gran esfuerzo abrirlos y mirarse en el espejo. Su reflejo mostraba su piel pálida y su rostro agotado, y sus ojos verdes parecían enormes en su cara delgada. No era una visión muy agradable y no le extrañaba que Zeke hubiese querido terminar la comida cuanto antes.

Había visto su maleta en la habitación, pero en lugar de salir a buscarla, decidió quedarse en ropa interior y ponerse el albornoz blanco que estaba colgado detrás de la puerta. Le quedaba grande, pero ocultaba todo lo que necesitaba ocultarle a aquellos penetrantes ojos negros.

Zeke la estaba esperando cuando ella regresó descalza al salón.

—Ya estoy preparada para acostarme, así que, puedes marcharte —él la miró de arriba abajo y ella se alegró de que el albornoz le quedara grande porque sus pezones se pusieron turgentes al instante.

—Con ese albornoz pareces más pequeña que nunca. ¿De veras era tan mala la comida del hospital?

Ella negó con la cabeza.

—Supongo que yo no tenía mucho apetito. Enseguida recuperaré el peso que he perdido.

—Pequeña, pero preciosa. Encantadora.

—Por favor, Zeke, vete —murmuró ella—. No puedo... Márchate.

—Lo sé, lo sé —la agarró de las manos y la atrajo hacia su cuerpo, apoyando la barbilla sobre su cabeza—. Necesitas descansar. Has hecho demasiado para ser tu primer día fuera.

Melody no pudo evitar sonreír.

—Hablas como si acabara de salir de prisión —susurró contra su camisa. Después, se separó de él. Su aroma le resultaba deliciosamente familiar. Y deseaba rodearlo por el cuello y besarlo en los labios, suplicarle que olvidara todo lo que le había dicho y que la abrazara—. Vete, por favor —repitió con voz temblorosa.

Él levantó la mano y le retiró un mechón de pelo de la mejilla. Ella pensó que iba a besarla, y cuando él rozó sin más su frente con los labios, se sintió decepcionada.

—Duerme bien —le dijo—. Y no olvides que a las cuatro traerán té y pastel.

Ella asintió, sorprendida por el hecho de que él

fuera a marcharse y a dejarla allí. Lo observó dirigirse hasta la puerta y salir al pasillo, esperando que en cualquier momento él se volviera y regresara a su lado. No fue así.

Se cerró la puerta y Melody se quedó sola. Tal y como ella había pedido.

Capítulo 5

MELODY permaneció de pie unos minutos, conteniéndose para no salir corriendo detrás de Zeke y decirle...

«¿Decirle qué?», se preguntó. ¿Que había cambiado de opinión? No era cierto, no había cambiado de opinión acerca de separarse de él. Tenía motivos para hacerlo. Lo quería demasiado y el poder que él tenía sobre ella siempre la había asustado un poco. Tenía que alejarse de él. Era la única manera.

Se tambaleó una pizca. Estaba tan cansada que le costaba mantenerse en pie, así que se dirigió al dormitorio donde habían dejado su maleta. Se quitó el albornoz y se metió en la cama, dispuesta a pensar en su relación con Zeke para reafirmarse en su decisión, pero estaba tan cansada que no podía pensar.

La cama era comodísima comparada con la del hospital en el que había dormido durante los tres últimos meses. Al cabo de unos segundos, se quedó dormida.

Ni siquiera se percató de que, minutos más tarde, Zeke entró en la habitación y se detuvo en la puerta hasta comprobar que estaba realmente dormida. Después, se acercó a ella y observó a su esposa unos minutos, acariciando con su mirada los frágiles rasgos de su rostro.

Cuando cerró las cortinas de la habitación para bloquear la tormenta que se había formado en el exterior, tenía las mejillas humedecidas.

Melody no estaba segura de qué era lo que la había sacado de aquel sueño tan profundo. La habitación estaba en penumbra cuando abrió los ojos y ella se sentía de maravilla, relajada.

Tardó unos instantes en recordar dónde estaba y, los recuerdos de las últimas horas se entremezclaron con el sonido cercano de unas voces masculinas.

No recordaba haber cerrado las cortinas. Miró hacia las ventanas, confusa, y cuando reconoció la voz del que hablaba se sentó en la cama. Era la voz de Zeke. Miró el reloj que llevaba en la muñeca, pero estaba demasiado oscuro para ver la hora.

Con el corazón acelerado, retiró la colcha y se levantó para ponerse rápidamente el albornoz que había dejado en la silla. Encendió la lamparilla de noche y miró el reloj otra vez. Las cuatro en punto. El servicio de habitaciones le había llevado el té y el pastel, pero eso no explicaba qué estaba haciendo allí Zeke. A menos que ella lo hubiera imaginado.

Cuando abrió la puerta del salón, comprobó que Zeke era real. Demasiado real. El cuerpo de Melody reaccionó nada más ver aquel cuerpo masculino vestido únicamente con un pantalón de pijama de seda negra. Aunque, según su experiencia, Zeke no solía ponerse pijamas.

Era evidente que acababa de ducharse antes de ir a abrir la puerta. Su torso musculoso brillaba porque todavía estaba mojado, y se veían algunas gotas en su vello varonil. Estaba magnífico. Melody se había olvidado de lo atractivo que era.

Tragó saliva y trató de decir algo, pero fue incapaz.

—Hola —dijo con una sonrisa—. ¿Te han despertado al llamar a la puerta? Es nuestro té con pastel.

Ella intentó ponerse a la altura de la situación, como habría hecho una de las mujeres sofisticadas con las que él había salido antes de conocerla, pero a oír su voz temblorosa supo que había fallado.

—¿Qué estás haciendo aquí? —gritó—. Se suponía que te habías marchado.

Antes de que él pudiera darle alguna excusa falsa, ella continuó:

—¿Y por qué hay té para dos si lo pediste hace horas?

—Ah... —sonrió él—. Puedo explicártelo.

—Hazlo, por favor —dijo ella, con sarcasmo.

—No podía dejarte sola el día de Nochebuena, así que pensé que podía quedarme un rato. Eso es todo.

Él se pasó la mano por el cabello y ella pensó en lo bien que le quedaba el pelo así, un poco más largo de lo que solía llevarlo.

—No te he invitado —repuso enfadada—. ¿Y por qué estás vestido así, o mejor dicho, desvestido?

—Me estaba duchando cuando llegó el servicio de habitaciones —dijo él con paciencia.

—¿Y por qué te has duchado en mi habitación de hotel? —preguntó ella—. ¿Y cómo puede ser que tengas un pijama aquí?

—Me he duchado en mi habitación, ¿te has fijado que esta suite tiene dos dormitorios? —le dijo como si estuviera hablando a una idiota–. Y mientras tú dormías, salí a comprarme alguna cosa. Imaginé que preferirías que llevara algo puesto en caso de tener que abrir la puerta, como acaba de suceder.

Ella deseó pegarle al oír su razonable respuesta. Mirándolo, se preguntó cómo había podido perder el control de la situación. Esa misma mañana lo tenía todo clarísimo. Saldría del hospital, iría al hotel, se acostaría y pasaría así la Navidad. Sin embargo, se encontraba en una situación completamente diferente, con el hombre del que se había separado delante de ella, prácticamente desnudo en la suite que compartían.

«Y muy sexy», la vocecita que oyó en su cabeza era muy sincera. Zeke siempre se había sentido muy cómodo con su cuerpo y exudaba masculinidad.

–Antes dijiste que te ibas –dijo ella con frialdad–. Era lo que esperaba que hicieras.

Él le dedicó una pícara sonrisa y se sentó en uno de los sofás que había junto a la mesa de café donde habían dejado la merienda.

–No. Nunca dije tal cosa. Lo sé porque nadie podría haberme sacado de aquí. Habría preferido ir a casa contigo y hablar de todo lo que tengamos que hablar, pero era evidente que eso no iba a suceder, así que... –se encogió de hombros–, me adapté a las circunstancias como pude.

–Por ejemplo, ¿cambiando mi habitación por una suite?

–Por ejemplo. Será mejor que estemos cómodos mientras esta farsa continúe –sonrió él–. Esos pasteles tienen un aspecto delicioso. Siempre me ha encantado la cobertura de chocolate y el pastel de limón. No tomamos postre así que ven a probar esto –sirvió dos tazas de té mientras hablaba.

Melody dudó un instante. No iba a ceder y, desde luego, Zeke no iba a compartir esa suite con ella esa noche, pero los pasteles eran tentadores y curiosamente, por segunda vez en el día, ella tenía hambre. Habría preferido que Zeke estuviera completamente vestido, pero puesto que él parecía más interesado en la comida que en su...

Melody se sentó en el sofá y aceptó la taza de té que él le ofrecía antes de elegir uno de los pasteles. Momentos después, Zeke le pasó de nuevo la bandeja y ella eligió uno de limón que estaba delicioso.

Afuera nevaba más que nunca y, al mirar por la ventana, Melody sintió un vuelco en el estómago. Era demasiado tarde para echar a Zeke. Nunca llegaría a Reading en esas condiciones, así que, después de todo, tendría que quedarse. Eso sí, bajo sus condiciones y cada uno en su habitación.

Ella lo miró de reojo y vio que estaba comiendo tranquilamente. Él levantó la vista y la pilló mirándolo. Como siempre, sonrió de una manera que provocó que ella se le acelerara el corazón.

–¿Recuerdas cuando hiciste ese pastel de mandarina, azafrán y polenta en Madeira? –murmuró él–. Nunca había probado algo tan rico. Me prometiste que volverías a hacerlo en Inglaterra, pero no lo hiciste.

Melody recordaba muy bien aquel día en Madeira. Habían sido sus últimas vacaciones antes del accidente y lo habían pasado de maravilla montando a caballo por la playa, buceando y tomando el sol en su piscina privada. Ese día habían comprado mandarinas en el mercado y ella había seguido una receta que le había dado una señora del pueblo. Melody era la primera en admitir que la cocina no se le daba muy bien. De hecho, Zeke era mucho mejor cocinero que ella, y tenía un don para la comida que hacía que la mayor parte de los platos que preparaba fueran sensacionales, pero el pastel había quedado exquisito y Zeke no había dejado de alabarla por ello.

Se habían comido el delicioso pastel después de cenar, con el café, sentados en el balcón de la villa disfrutando de la maravillosa puesta de sol. Más tarde, habían hecho el amor durante horas. Él le había dicho que era como una diosa...

«Basta». Oyó la advertencia en su cabeza. Eso fue entonces. Ahora, la chica que pasaba todas las vacaciones en bikini ya no existía. Ella nunca se había considerado especialmente bella, pero siempre se había sentido segura de sí misma gracias a su estupendo cuerpo de bailarina, capaz llamar la atención de la jet-set que se arremolinaba alrededor de Zeke en los eventos. ¿Qué pensarían de ella cuando la vieran otra vez?

Siempre había gente su alrededor. Los ojos verdes de Melody se oscurecieron. Nunca había tenido la sensación de tener a Zeke para ella sola. Siempre había alguien que lo reclamaba también. Incluso en Madeira habían quedado con amigos para cenar, o hacer barbacoas, gente elegante, rica, divertida e inteligente. Ella sabía que tenía que resignarse. Él tenía casi cuarenta años y se había construido una vida que debía mantener a pesar de que ella hubiera aparecido en su vida. No podía esperar que fuera de otra manera.

–¿Qué ocurre? –preguntó él, mirándola–. ¿Qué te pasa?

Ella volvió a la realidad.

–Nada –le dijo–. Estaba pensando.

–A juzgar por la expresión de tu cara debías de pensar algo agradable –entornó los ojos–. Y algo me dice que tenía que ver con nosotros, ¿no es así? ¿Qué era?

Melody se fijó en cómo se movían los músculos de su torso y recordó lo magnífico que era. La primera vez que lo había visto desnudo se había quedado boquiabierta.

–¿Melody? –insistió al ver que no contestaba–. Dime.

–Estaba pensando en cómo durante nuestro matrimonio, aparte del tiempo que pasamos de luna de miel, casi siempre hemos estados rodeados de personas que querían algo de ti –dijo ella–. Los fines de semana son iguales que los días laborales. Mirando atrás, a veces he pensado que yo solo era una más de las personas que te rodeaban.

Zeke se quedó de piedra.

–Nunca, nunca fuiste una más. Eres mi esposa y siempre estuviste a mi lado al cien por cien. O al menos, yo pensaba que era así –se sentó derecho–. Es evidente que estaba equivocado.

–Jamás me preguntaste qué es lo que quería, Zeke. Y admito que yo debería habértelo dicho también, pero estaba abrumada –«por lo afortunada que era al haberme casado contigo. Porque me parecía imposible que me amaras»–. Y no te digo que no lo disfruté, porque sí que lo hice. Pero nunca sentí...

–¿Qué? ¿Qué es lo que no sentiste?

–Que encajara –negó con la cabeza y se mordió el labio inferior–. A lo mejor tenías razón cuando dijiste que yo pensaba que no duraríamos. Nunca fui cons-

ciente de que pensara así, pero cuando me lo dijiste
me di cuenta de que había algo de verdad. Y no solo
tiene que ver con la opinión que mi abuela tenía de
los hombres. También porque me adapté a tu forma
de vida sin que tuvieras que hacer cambios, y si ahora
desapareciera tampoco lo notarías. Nada se alteraría.

Zeke la miraba como si nunca la hubiese visto antes.

–No puedes creer todo eso –dijo él–. ¿Cuántas veces te he dicho que te quería? ¿Y que nunca había querido a nadie? ¿Pensabas que estaba mintiendo?

Melody hizo una pausa antes de contestar.

–No, yo sabía que me amabas –dijo despacio–.
¿Cómo no ibas a hacerlo si yo hacía todo lo que tú
querías? ¿Era quien tú querías que fuera? Y no era
culpa tuya. No estoy diciendo eso. Me encantó ver
cómo vivía la otra parte del mundo y formar parte del
mismo. Era emocionante y mil cosas más, pero... –se
hizo otro silencio mientras buscaba palabras para explicar lo inexplicable–. También existe otro mundo.
Un mundo real donde no todo es de color rosa.

–¿Qué quieres decir?

Ella se encogió de hombros.

–Pues que fuera de la burbuja en la que vive Zeke
James la gente lucha para pagar sus facturas cada
mes, luchan durante toda la vida y nunca consiguen
salir adelante. No pueden descolgar el teléfono y conseguir que media docena de personas estén dispuestas a ofrecerles lo que desean. Nunca han experimentado lo que es entrar en una tienda y ser capaz de
comprar lo que uno quiere sin mirar el precio. Esas
personas tienen días malos, se enferman... Tienen ac-
cidentes.

Se calló de golpe. Lo que quería decirle no tenía nada que ver con el dinero y la suerte. Tenía que ver con el hecho de que Zeke le perteneciera a ella y ella a él.

–No sé explicártelo muy bien –añadió.

–¿Me culpas por haber tenido éxito en la vida? –preguntó Zeke–. Porque si es así, tendrás que esperar mucho tiempo antes de que yo te pida perdón por ello. He conseguido salir a delante poco a poco, y he visto demasiadas cosas como para saber que preferiría cortarme el cuello antes de regresar a como estaba antes. Viviendo en diferentes sitios con la persona que supuestamente me quería y cuidaba de mí, pero que la mayor parte del tiempo olvidaba que estaba con vida. Durmiendo en camas sucias, comiendo comida medio podrida porque si no moriría de hambre y nadie se enteraría. Sin saber lo que es darse un baño, pero siendo consciente de que los demás no olían como yo, aunque mi madre y sus amigos sí. Y cuando por fin caí en una casa de acogida, deseando regresar a la forma de vida anterior porque es lo único que conocía y estaba asustado.

Como si no pudiera soportar mirarla, Zeke se puso en pie, se volvió y respiró hondo. Durante un momento, la musculatura de su espalda estaba tensa y su postura indicaba el daño que ella le había hecho.

Horrorizada por las heridas que había destapado, Melody murmuró:

–Zeke, lo siento. No pretendía... Lo siento.

Él se volvió para mirarla y ella vio que había recuperado el control.

–No importa –su rostro estaba relajado, pero ella

sabía que por dentro se sentía de otra manera–. Fue hace mucho tiempo, pero no me digas que no sé cómo es la vida, Dee. No me crie en lo que tú llamas la burbuja de Zeke James. He llegado hasta aquí a base de sangre, sudor y lágrimas, y también gracias a la suerte. Y te diré una cosa –se acercó hasta donde ella estaba de pie, y la miró a los ojos–. Podría abandonarlo todo mañana mismo y marcharme sin mirar atrás y sin sentir ni una pizca de arrepentimiento. Hablas de mi mundo, pero deja que te aclare una cosa. No me domina. Yo lo domino a él. Esa es la diferencia. Una gran diferencia.

Melody deseaba creerlo pero no estaba segura de si lo creía. En cualquier caso, daba igual. Todo era relativo.

Desde tan cerca percibía el aroma a jabón que desprendía su cuerpo, y sentía el potente atractivo sexual que emanaba de su ser. No pudo evitar que se le acelerara el corazón.

Él estiró la mano y le acarició un mechón de pelo antes de mirarla a los ojos.

–Estás muy apetecible –le dijo–. Más que los pasteles de chocolate y, sin duda, me saciarás mucho más.

Melody sabía qué iba a suceder, y también que él le estaba dando tiempo para que retrocediera, para que rompiera el hechizo que la había cautivado. El salón solo estaba iluminado por un par de lamparillas y las lucecitas blancas del árbol de Navidad. El ambiente era acogedor, cálido y agradable, y Melody no pudo hacer más que dejarse llevar por la magia de su beso.

Zeke la rodeó con sus brazos desnudos por la cin-

tura y la estrechó contra su cuerpo mientras la besaba
de forma apasionada. Ella notó que sus pezones se
ponían turgentes cuando sus senos se apoyaron sobre
el torso de Zeke, a través de la tela del albornoz.

Él introdujo la lengua en su boca y ella gimió antes de rodearle el cuello con los brazos y acariciarle
el cabello.

Zeke la sujetó con más fuerza por la cintura y movió las caderas contra las de ella. Melody arqueó el
cuerpo, abandonándose ante Zeke de forma inconsciente y sin percatarse de que se le había abierto el
albornoz. Entonces, notó sus cálidas manos sobre la
piel desnuda, bajo la fina tela del sujetador y se quedó
paralizada.

–¡No! –exclamó con pánico antes de retirarse y
anudarse de nuevo el albornoz.

Zeke estaba jadeando y tuvo que respirar hondo
antes de poder hablar.

–No pasa nada –la abrazó de nuevo para no dejarla escapar–. Podemos ir todo lo despacio que quieras.

–No quiero que pase nada –Melody se humedeció
los labios y tragó saliva–. No podemos...

–Sí podemos –la besó suavemente sobre los labios–. Estamos casados, Dee, y acabas de demos-
trarme que me deseas tanto como yo a ti. Somos uno
y no puedes luchar contra ello.

Ella negó con la cabeza. Estaba confusa. Si hacían
el amor y él la veía desnuda, no podría evitar sentir
rechazo hacia ella. Y Melody no podría soportarlo.
Deseaba que él la recordara como había sido, con la
piel suave, núbil, tentadora. Melody lo hacía tanto
por él como por ella. Zeke se había casado con ella

cuando era perfecta. ¿Por qué tendría que acostumbrarte a algo distinto? A ella le estaba resultando muy difícil, ¿y qué le pasaría a un hombre como Zeke? No, esa era la única manera. Debía terminar la relación. Y permanecer fuerte.

–No, Zeke –susurró–. Ya no somos marido y mujer. Al menos, no en mi cabeza.

–No lo creo –continuó abrazándola–. Ni por un segundo. Así que no malgastes energía tratando de convencerme cuando lo único que estás haciendo es mentirte a ti misma, ¿de acuerdo? Ahora ve a relajarte un poco. Date un largo baño en la bañera, ponte crema y haz todo lo que suele hacer una mujer antes de salir de noche. Voy a llevarte a cenar, y tengo entradas para el teatro.

Melody lo miró asombrada.

–No voy a salir.

–Por supuesto que sí. No vamos a asustarnos por un poco de nieve. Estamos en Londres, no en el ártico.

–No me refería a eso. Voy a quedarme aquí.

–¿Por qué? –la retó con la mirada.

–No tengo nada que ponerme –recurrió a una mala excusa. En parte era verdad, no tenía nada adecuado para hacer lo que Zeke le había propuesto. Solo tenía la ropa que había llevado en el hospital. Su ropa elegante la tenía en casa.

Él sonrió.

–Eso no es un problema –la soltó y se acercó al árbol de Navidad–. Puedes abrir un par de regalos antes de tiempo.

Melody se fijó en que bajo el árbol habían colocado algunos regalos. Él recogió dos y se los entregó.

–Te he comprado una talla menor de la que llevas habitualmente, así que espero que te queden bien. Pruébatelo y ya veremos.

Sorprendida, Melody tartamudeó:

–¿Cuándo...? ¿Cómo...?

–Salí de compras mientras dormías –admitió–. Había dejado tus regalos de Navidad en casa. Pensé que... –negó con la cabeza–. Bueno, ya sabes lo que pensaba. No esperaba que pasáramos la Navidad en un hotel de la ciudad.

–Zeke, no puedo aceptarlos...

–¿Por qué no?

–No puedo –murmuró ella–. Para empezar, no tengo nada para ti. No estaría bien. Él dejo los regalos en el sofá y se acercó más a Melody. Con una mano la sujetó por la barbilla para que lo mirara.

–El hecho de que hayas podido salir caminando de ese hospital es el mejor regalo. Durante los primeros días pensé que no sobrevivirías. Estaba aterrorizado y no podía hacer nada. Cuando sucede algo así, las prioridades de la vida cambian. Este año, tú eres mi regalo de Navidad.

–Zeke... –Melody se estaba esforzando para no llorar–. No puedo...

–Lo sé, lo sé –la besó rápidamente en la boca–. No quieres oírlo, pero es la verdad. Ahora, recoge tus regalos y ve a ponerte más guapa, si es que es posible. Esta noche vamos a salir, Dee. Aunque tenga que vestirte yo mismo –sonrió, pero Melody sabía que no estaba bromeando–. De hecho, es la opción que prefiero.

Consciente de que debía de permanecer fuerte pero derritiéndose por las cosas tan bonitas que él le había dicho, ella continuó mirándolo un momento. Quizá, después de todo, lo mejor era salir. Pasar la noche en el hotel con Zeke dispuesto a seducirla sería demasiado peligroso.

Como si quisiera confirmar sus pensamientos, Zeke la besó de nuevo con delicadeza. Ella apoyó las palmas sobre su torso como intentando apartar el deseo que se había apoderado de ella. Siempre había sido así, en cuanto él la tocaba, estaba perdida. Él comenzó a mordisquearle la oreja y después la besó en el cuello. Melody notaba el latido de su corazón acelerado bajo las palmas de las manos y también su miembro erecto bajo el pantalón de seda de pijama. Durante un instante, experimentó una gran emoción por ser capaz de provocar tanto deseo en él, pero enseguida la realidad se apoderó de ella como si le hubieran echado un jarro de agua fría.

«Él no sabe qué aspecto tengo bajo el albornoz. No ha visto las cicatrices ni la piel abultada».

Melody se retiró a un lado con tanta fuerza que pilló a Zeke desprevenido.

—Por favor, no... Zeke, por favor —agarró los regalos que él había dejado sobre el sofá y se marchó hacia la puerta. Antes de desaparecer se volvió para preguntar—. ¿A qué hora tengo que estar preparada?

Él no se movió. La miró de arriba abajo y contestó con voz cálida y sensual:

—He pedido que traigan unos cócteles a las siete, antes de salir.

Ella asintió, y tuvo que contener las lágrimas al pensar que nunca lo había amado tanto como en aquellos momentos.

Él era todo lo que ella siempre había deseado, y

lo que siempre desearía, pero estaba a punto de dejarlo marchar. Estaba convencida. Solo tenía que conseguir que él lo creyera antes de volverse loca intentándolo.

Capítulo 6

UNA vez en su dormitorio, Melody cerró la puerta y se sentó en la cama con los regalos en el regazo. Los miró un instante, pero su visión estaba nublada por las lágrimas, así que, se frotó los ojos. «No llores. No llores hasta que todo haya terminado». No podía ceder. Debía ser fuerte.

Desde el principio había sabido que la vida después del accidente iba a ser dura. No solo porque tendría que aprender a lidiar con el mundo real, fuera del hospital. También porque desde que había tomado la decisión de separarse de Zeke, sabía que tendría que enfrentarse a él. Si hubiese podido habría desaparecido de su vida sin más, no quería discutir, pero siempre había tenido claro que tendría que hacerlo.

Despacio, acarició los anillos que llevaba en la mano izquierda, recordando el día que los eligió. Después, abrió los regalos que Zeke le había entregado. Los pantalones plateados de seda eran preciosos y el top de color plata y crema también. Nunca se habría atrevido a mirar lo que habían costado, pero la etiqueta demostraba su exclusividad.

Deseaba que él no se los hubiera regalado. Cerró los ojos un instante. Se sentía como si estuviera a punto de partirse en mil pedazos y ya había perdido toda la energía que había recuperado con la siesta.

«Un baño», pensó. Necesitaba lavarse el cabello para borrar las huellas del antiséptico del hospital. Dejó la ropa sobre la cama y entró en el baño para llenar la bañera, añadiendo una buena cantidad de gel de espuma. Se quitó el albornoz y la ropa interior y se metió bajo la espuma. Fue entonces, cuando su cuerpo comenzó a relajarse en el agua caliente.

No estaba segura de cuánto tiempo estuvo allí, pero después de un buen rato, pensó que ya debía de ser la hora de marcharse y se lavó la cabeza antes de salir del baño. En los viejos tiempos, Zeke y ella se bañaban juntos a menudo, a la luz de las velas y con una botella de vino a mano. Solía ser un buen principio para las noches, sobre todo porque la intimidad que compartían en la bañera solía llevarlos a algo más. A menudo, terminaban cenando tarde a la luz de una vela y en albornoz.

No obstante, eso había terminado y los recuerdos eran peligrosos.

Melody frunció los labios con dolor y se puso el albornoz, anudándoselo con fuerza a la cintura. No había marcha atrás. No podía seguir cumpliendo las expectativas de Zeke y del mundo del espectáculo, y tampoco quería destruirse a sí misma por intentarlo. No dudaba de que la gente pudiera ser correcta y compasiva cuando estuviera delante de ella, pero también sabía que había mujeres ambiciosas y calculadoras como Katie y no quería vivir esperando a que una mujer más especial o más inteligente, consiguiera engatusar a Zeke.

Se envolvió la cabeza con una toalla y se miró en el espejo. Quizá esa mujer no apareciera nunca, quizá Zeke fuera lo bastante fuerte y continuara siéndole fiel, pero esa no era la cuestión. Sería ella la que estropearía lo que tenían si se quedase a su lado. Los celos y la desconfianza eran cosas terribles, y no quería que Zeke viviera con ello. En las semanas anteriores, ella había aprendido muchas cosas de sí misma, y aunque no se sentía orgullosa, era la realidad.

Quizá si no lo amase tanto, o hubiera tenido otro tipo de infancia... Negó con la cabeza y se volvió de espaldas al espejo. Demasiados quizás... El accidente había provocado que afloraran muchos fantasmas del pasado, y de lo único que estaba segura en aquellos momentos era de que debía comenzar una nueva vida en otro lugar. Quizá así encontrara la manera de aclararse y reunir el valor necesario para enfrentarse a la idea de vivir sin Zeke en el futuro. No le quedaba más remedio.

Se vistió deprisa, y cuando terminó se relajó una pizca. No pensaba que Zeke pudiera entrar en la habitación sin avisar, pero...

Se secó el cabello y se peinó antes de aplicarse un poco de maquillaje. Después de tanto tiempo sin acicalarse, el efecto fue tan llamativo que decidió que lo haría todos los días.

«Parte de mi rehabilitación», pensó, recordando las palabras que el médico le dijo el último día.

—He reparado tu cuerpo, Melody, pero de ti depende hacer lo mismo con tu mente. Sé que ha sido un golpe muy duro, pero todavía tienes parte de tu vida por vivir, algo que muchos de mis pacientes no tienen. No puedo comprender todo lo que sientes, pero cuando estés preparada me gustaría que vieras a un colega mío que puede ayudarte a asimilar las cosas.

Ella había mirado la tarjeta que él le había dado. Era del doctor Greg Richardson.

–¿Es psiquiatra? –había preguntado ella, sabiendo la respuesta. Todo el mundo pensaba que había perdido la cabeza.

El doctor le había contestado con voz suave.

–Es alguien que trabaja con personas que necesitan otro tipo de cura del que yo puedo ofrecer. Míralo así. Es un buen hombre. Y sobre todo, es un buen amigo y sé que te sentará bien ir a verlo –hizo una pausa y esperó a que ella lo mirara a los ojos–. Y Melody, no tomes ninguna decisión importante durante algún tiempo. Puede que sea un tópico, pero el tiempo lo cura todo.

–Se refiere a Zeke –había dicho ella.

–En parte sí.

El doctor Price se lo había dicho con buena intención. Y ella sabía que él no estaba de acuerdo con su decisión de terminar la relación con Zeke. Aunque claro, él no la comprendía. Era doctor y no tenía ni idea de cómo funcionaba el mundo del espectáculo. Un mundo diferente en el que ella había entrado nada más terminar la academia de baile. Había sido duro, injusto, imperdonable a veces, pero le había permitido hacer lo que más amaba. O lo que más amaba hasta que conoció a Zeke. Desde ese momento, él se había convertido en el centro de su vida.

Melody lo había tenido todo. Se mordió el labio inferior y notó que tenía los ojos humedecidos. Y a los dioses no les gustaban los mortales que habían probado el paraíso en la tierra. ¿Cuántas veces había pensado que aquello era demasiado bueno como para que durara? Pues tenía razón. No había durado.

Melody enderezó la espalda y respiró hondo varias veces. Tenía que adaptarse a la nueva situación. Era así de simple. Todo había cambiado, pero había millones de personas en una situación mucho peor. No estaba dispuesta a caer en la terrible depresión que amenazaba con apoderarse de ella. Existía más vida aparte del baile. Existía más vida aparte de Zeke.

–¿Melody?

Melody se sobresaltó al oír que llamaban a la puerta y volvió a la realidad. Se tranquilizó una pizca, puso una fría sonrisa y abrió la puerta.

–Estoy preparada.

Zeke tenía un aspecto estupendo. Se había puesto un traje y llevaba el pelo peinado hacia atrás.

–Hola –dijo él–. ¿Tomamos el cóctel en el salón? Están preparados.

–Estupendo –dijo ella, tratando de que no se le notara su nerviosismo.

–Estás... –él sonrió, y la ternura que había en su mirada provocó que a ella se le acelerara el corazón–. Estás tan apetecible que te comería ahora mismo. Aunque siempre es así.

–Gracias –contestó ella–. La ropa es muy bonita.

–Me olvidé de darte esto cuando te di lo demás –le entregó otro paquete.

–¿Qué es? –preguntó ella, tratando de no pensar en lo atractivo que estaba él.

Zeke la agarró del brazo y la llevó al salón antes de decir:

–Ábrelo y descúbrelo.

–No lo quiero... Quiero decir, ya me has dado suficiente. No puedo aceptar nada más. Y menos cuando no te he comprado nada...

–Ábrelo –la interrumpió. Al ver que ella no le obe-
decía, la sentó en uno de los sofás y se acomodó a su
lado para deshacer los lazos del paquete–. No muerde.

Cuando Zeke levantó la tapa, Melody miró las botas plateadas que había dentro. La piel tenía incrus-
tados pequeños cristalitos desde la puntera hasta el
talón, y era evidente que habían costado un riñón.

–No puedo aceptarlas. En serio, Zeke. No quiero
nada más.

–¿Por qué no?

–No debería haber aceptado la ropa.

–La aceptaste –comentó él–. Y esto es parte del
regalo –miró las botas de piel negra que ella llevaba
puestas.

Melody apretó los dientes. Sabía lo que él estaba
pensando.

–Lo siento, Zeke. Son preciosas, pero no.

–No pasa nada –dijo él–. Por si cambias de opinión antes de que nos vayamos, las dejó aquí.

–No lo haré –ella se puso en pie de pronto. El
aroma a loción de afeitar que desprendía Zeke estaba
causando estragos en su razonamiento.

Zeke se puso en pie también y se acercó a la bandeja donde había dos copas de Martini y licor azul.

–No brindaremos, pero espero que disfrutes de la
velada –dijo él–. Cenaremos después del teatro, si te
parece bien. Pensé que así tendríamos tiempo de abrir
el apetito después de los pasteles.

Melody tomo un sorbo de la copa y sonrió.

–Está bien. No tengo hambre.

–Tendremos que buscar la manera de que vuelvas
a tener apetito. Siempre me sorprendió lo mucho que
podías comer.

Melody lo miró.

–Era bailarina. Quemaba las calorías. Ahora todo es diferente.

–No todo –se acercó a ella–. Tú y yo no hemos cambiado. Eso ya lo has entendido ¿verdad? Nada podrá interponerse entre nosotros. Estamos hechos para estar juntos.

Habría sido tan fácil abrazarse a él y decirle que estaba de acuerdo. Sentir la seguridad de su abrazo y su potente masculinidad. Durante los meses anteriores ella había estado luchando constantemente, para sentirse mejor, para controlar los pensamientos negativos que la asaltaban día y noche, para aceptar que Zeke no formaría parte de su futuro.

Melody se separó de él y lo miró.

–Ha terminado, Zeke –dijo ella–. Yo ya lo he aceptado, ahora has de aceptarlo tú. Si me quieres, me dejarás marchar. Ya no puedo formar parte de tu vida. Puede que suene dramático, pero yo sé hasta dónde puedo aguantar y eso será la gota que colmará el vaso. Me destruirá por dentro. Tengo que buscarme una nueva vida y descubrir quién soy ahora.

–Eres mi esposa.

Ella negó con la cabeza y lo miró fijamente.

–Es Nochebuena –Zeke se inclinó hacia delante y la besó con decisión– Y en este momento eres mi esposa y vamos a salir a pasarlo bien. No vamos a pensar en nada más. Ni en el futuro, ni en mañana siquiera. Esta noche viviremos el momento, minuto a minuto, y eso es lo que importa ¿de acuerdo?

El beso la había dejado temblando y con la respiración entrecortada, pero Melody consiguió forzar una sonrisa. Era la última noche que pasarían juntos y ella tenía una sensación agridulce, pero ¿por qué no podía ser una noche memorable? Además podría recordarla cuando se sintiera sola, durante los años siguientes.

Zeke había llevado las copas y ella se bebió el cóctel, consciente de que nunca podría beberse otro igual porque siempre lo asociaría con la última noche y el dolor que la invadía en esos momentos.

–En nuestro palco habrá canapés y champán, ¿estás preparada? –preguntó Zeke, mientras ella se terminaba la copa.

Melody respiró hondo. Era su primera salida al mundo real desde el accidente y estaba segura de que en el teatro habría gente conocida que sabría lo que le había pasado y la miraría de reojo. Por suerte, una vez en el palco tendrían cierta privacidad, pero hasta entonces... Enderezó los hombros y alzó la barbilla:

–Preparada.

Era mentira. Nunca estaría preparada. Y estaba asustada, muy asustada, pero podría hacerlo. Después de todo solo era una noche.

Zeke le colocó el abrigo por encima de los hombros y ella se estremeció. Siempre le sucedía lo mismo. Incluso cuando él la tocaba sin querer.

Justo antes de salir de la habitación, él la volvió para que lo mirara. Tomó su mano izquierda, donde llevaba los anillos de boda y de compromiso y se la llevó a los labios. Primero le besó la muñeca y notó su piel suave. Después, le dio la vuelta a la mano y le besó los anillos.

–No tienes nada que temer –dijo él–. Te prometo que nunca te haré daño.

Melody retiró la mano y dio un paso atrás.

–Estás a la defensiva –comentó él casi con un susurro.

Durante un instante, ella creyó haber percibido dolor en su mirada, antes de que pestañeara.

–Creía que nos íbamos –repuso ella, tratando de mantener la calma. No podía permitirse bajar la guardia. Ni por un momento.

–Así es –contestó él, pero no se movió.

Melody lo miró y tragó saliva. Zeke siempre había tenido algo de incivilizado, pero esa noche todos sus movimientos y expresiones lo eran. Su sensualidad era casi primitiva.

Entonces, él sonrió y abrió la puerta.

–Vamos.

Capítulo 7

YA HABÍA dejado de nevar cuando salieron del hotel, pero el invierno había transformado las calles en algo mágico.

Las máquinas habían trabajado mucho para mantener las calles transitables, y los empleados del hotel habían limpiado un pedazo de acera que iba desde la puerta hasta la calle. Aun así, Melody se alegraba de que Zeke la llevara agarrada del brazo mientras buscaban un taxi.

La nieve no parecía haber desanimado a los compradores de última hora y las calles estaban llenas de gente con bolsas y regalos. Era como si la blanca Navidad hubiera potenciado el entusiasmo de todos y, por unos momentos, el espíritu navideño hubiera borrado los problemas y las dificultades del día a día. Todo el mundo parecía contento.

Zeke la había rodeado por los hombros en el taxi y ella no se había retirado, a pesar de que su cercanía había provocado que se pusiera muy tensa. Era extraño estar en la calle después de haber pasado tanto tiempo en el hospital, pero no era eso lo que le generaba tensión. Sin embargo, él debía de pensar que era así porque comentó:

–Tranquila –murmuró–. Estamos juntos. Yo estoy

aquí a tu lado. Y va a ser una velada muy agradable, eso es todo.

–Estoy bien –mintió ella–. Muy bien.

El sonido que él emitió expresaba lo que él pensaba de eso, y cuando Zeke agachó la cabeza para besarla en la frente, ella creyó oírlo suspirar.

Melody miró por la ventana sin realmente fijarse en lo que veía. Sentía una potente mezcla de emociones, miedo, pánico y amor. El cuerpo musculoso de Zeke contra el suyo, proporcionándole la sensación de seguridad y pertenencia. Nada más conocer a Zeke, ella se percató de que llevaba toda la vida buscando la seguridad que él le proporcionaba. Era la primera vez que tenía la oportunidad de disfrutar de lo que otras personas consideraban normal. Él cuidaría de ella. No obstante, aquello no era más que parte de la historia, un bonito sueño que había terminado.

Durante el camino al teatro no hablaron nada, pero Melody notó que Zeke la besaba de vez en cuando en la cabeza. Ella tuvo que contenerse para no volver la cabeza y besarlo también, y solo la idea de que darle falsas esperanzas sería injusto la ayudó a resistirse. Había visto una mezcla de tristeza y deseo en su mirada, pero sabía que él no había aceptado todavía que el matrimonio había terminado. Y debía hacerlo. Por el bien de ambos.

Al llegar al teatro, Zeke la ayudó a salir del taxi. Melody se sentía muy patosa en sus movimientos y recordó que el doctor Price le había dicho en alguna ocasión que era demasiado dura consigo misma.

–Es la bailarina que llevas dentro la que exagera lo que tú ves como falta de gracilidad –había insistido él–. Otras personas no se darán cuenta.

Ella había agradecido su amabilidad, pero sabía que sus palabras no eran del todo verdad. Había observado el caminar controlado de las enfermeras en el hospital, de las visitas y de la gente en general, y se había asombrado de que fuera algo que siempre había dado por sentado antes del accidente.

Zeke la rodeó por la cintura para avanzar. «A por ello», pensó Melody. Incluso era posible que no se encontraran a nadie conocido.

Apenas acababan de entrar en el recibidor cuando oyeron una voz que los llamaba:

–Queridos... –Angela Stewart era una actriz conocida y, Melody sospechaba que también una de las viejas amantes de Zeke. Nunca habían hablado de ello, pero había algo en la manera que Angela se comportaba con ella que hacía que Melody lo sintiera así.

–Me alegro mucho de veros –miró a Melody de arriba abajo antes de darles un beso en la mejilla a cada uno.

–Hola, Angela –dijo Melody, tratando de respirar a través del potente aroma a perfume. Angela era la última persona a la que ella habría elegido encontrarse.

–¿Cómo estás? –le tocó el brazo suavemente–. Nos quedamos destrozados cuando nos enteramos de tu accidente. Pobrecita. Y además, siendo bailarina. Qué lástima.

–Está fenomenal, ¿verdad, cariño? –contestó Zeke con frialdad.

Al oír su tono de voz, Melody confió en que Angela terminara pronto la conversación.

El acompañante de Angela debió de pensar lo mismo porque la agarró del brazo y dijo.

–Nuestros amigos nos están esperando para tomar asiento, Angela.

Angela se soltó y miró directamente a Melody.

–Todos estos meses en el hospital han debido hacérsete muy largos. Estoy segura de que no puedes esperar para retomar tu vida, pero ve despacio, cariño. Pareces cansada y delicada.

–Melody tiene la fortaleza de la juventud de su parte –intervino Zeke–. ¿Recuerdas lo que era sentirse joven, Angela? Ahora, si nos disculpas...

Estaban sentados en el palco antes de que Melody pudiera contestar.

–No deberías haber dicho eso –murmuró ella mientras Zeke servía el champán que estaba preparado para ellos–. Nunca te perdonará. Me sorprendería si vuelve a dirigirte la palabra.

Zeke sonrió y le pasó la bandeja de canapés.

–Suena bien.

El teatro se estaba llenando por momentos. El musical que iban a ver era el espectáculo de moda, y las entradas estaban muy cotizadas. El teatro era un edificio viejo, de techos altos y aire victoriano, y la calefacción central no funcionaba lo suficientemente bien para una noche tan fría como aquella.

Como si fuera una mago sacando un conejo de un sombrero, Zeke colocó una piel de imitación sobre las piernas de Melody.

–¿Estás mejor así? –murmuró.

–¿De dónde has sacado esto? –preguntó Melody, sorprendida.

–Conozco este teatro desde hace mucho. Es demasiado cálido en verano y muy frío en invierno, pero su encanto compensa esos inconvenientes –Zeke rellenó las copas de champán–. Relájate y disfruta del espectáculo. Lo estás haciendo muy bien. Estoy orgulloso de ti, querida.

Fue la expresión de su mirada y no lo que él dijo lo que provocó que ella se sonrojara y se bebiera el champán de un trago. Se había olvidado de cómo la hacía sentir Zeke cuando estaba con ella. No, no lo había olvidado, simplemente había intentado arrinconar el recuerdo. Y él no lo comprendería, porque ni siquiera ella era capaz de comprenderlo. Ese tipo de cosas eran las que hacían que ella tuviera que separarse de él cuanto antes, mientras mantuvieran una relación civilizada. No podría soportar ver cómo esos pequeños momentos se iban evaporando, a medida que la relación se deterioraba.

¿Estaba loca? Se bebió la copa. Probablemente. Casi seguro. Y se había vuelto débil y cobarde.

Lo miró de reojo y vio que él la miraba con ternura.

–Ya estás pensando otra vez –comentó él–. Me gustaría ponerte un interruptor y apagarte la cabeza durante un tiempo. ¿Cómo puedo hacerlo, mi querida esposa? ¿Cómo puedo conseguir que vivas el momento?

Ella se encogió de hombros.

–Solo se me ocurre una manera, pero aquí es imposible ponerla en práctica –Zeke hizo una pausa y continuó–. Por lo menos es imposible que salga bien, y después de esperar tanto tiempo...

Melody bebió otro sorbo de champán, y decidió que el silencio era la manera más rápida para finalizar aquella conversación.

–¿Recuerdas cómo era? –él estiró las piernas y colocó el brazo sobre el respaldo de Melody, de forma que sus cuerpos quedaron muy cerca–. ¿Y esas noches en las que no nos dormíamos hasta el amanecer? El sabor del éxtasis en estado puro, largo, despacio, y duradero. Eres mía, Dee. Y siempre serás mía, igual que yo seré tuyo. No puede ser de otra manera para ninguno de nosotros, ahora que hemos disfrutado de la perfección.

–No –sus palabras provocaron que su cuerpo reaccionara de manera incontrolada. «Y él lo sabe», pensó ella.

–¿No? ¿Que no te diga la verdad? La verdad te hará libre. ¿No es eso lo que dicen? Y tú no te está enfrentando a la verdad. Todavía no. Nuestro estilo de vida, mi trabajo, otra gente... Todo eso es lo que nos rodea, a ti y a mí.

Ella negó con la cabeza, estaba confusa y sentía ganas de levantarse y marcharse. Cuando empezó el espectáculo estaba tensa, pero al poco rato comenzó a relajarse. Los efectos especiales eran magníficos, y la voz de la heroína maravillosa, pero en lo que más se fijó Melody fue en los bailarines. Sobre todo en la bailarina principal, que era tan ágil como una gacela. Al principio le resultó doloroso mirarla, pero después se dejó llevar por el espectáculo y cuando llegó el descanso volvió a la realidad de golpe.

–¿Y bien? –Zeke la miró a los ojos cuando encendieron las luces–. ¿Te está gustando?

Melody asintió.

–Es brillante, absolutamente brillante. Y no es una crítica pero...

–¿Pero?

–Yo habría hecho el último baile de otra manera.

Habría sido mucho más impactante si la bailarina principal hubiera quedado atrapada en el infierno al final del baile, en lugar de que la sacaran al principio. La escena ha perdido sin su presencia.

–Estoy de acuerdo –convino Zeke.

–De ese modo, Cassandra y Alex podrían haberse implicado más en la lucha, en lugar de quedarse como observadores –Melody se detuvo al ver que Zeke esbozaba una sonrisa–. ¿Qué?

–Nada –Zeke se volvió cuando una camarera apareció con un plato de pastas y café. Después de despedir a la chica con una buena propina, Zeke cerró la puerta del palco. De nuevo en la intimidad, le ofreció los deliciosos bocados y conversó con ella de manera más relajada y divertida que antes.

Para su sorpresa, Melody se dio cuenta de que estaba disfrutando a pesar de que todavía sentía un nudo en el estómago. Había temido tener que acercarse al bar durante el descanso y encontrarse con muchos conocidos, pero, puesto que había conseguido evitarlo, el placer de estar en la ciudad después de haber pasado semanas en el hospital era mayor.

Zeke le tendió una taza de café. Sus muslos se rozaron un instante y ella se puso tensa.

–Todo es muy agradable –dijo él.

Lo era. Demasiado agradable. Melody no dijo nada y el silencio provocó una situación incómoda. Aun así, no lo rompió. Zeke bebió despacio el café. Ella no tenía ni idea de qué era lo que él estaba pensando. De todos modos, nunca lo había sabido. La idea hizo que se preocupara de verdad.

¿Sería porque él ocultaba sus pensamientos a propósito, o porque era una persona enigmática y reservada? ¿O podía ser porque ella nunca se había molestado en descubrir sus sentimientos más íntimos y sus deseos? Había estado tan ocupada con su carrera y con sobrevivir en el mundo en el que vivían, que se había conformado con no tener que ahondar en el matrimonio, donde todo era fácil y armónico. El hecho de que él la hubiera elegido como esposa era algo demasiado bueno como para ser verdad, pero le había generado la sensación de que debía de tener cuidado para que no se tambaleara el barco y por ello había sido más fácil no ahondar demasiado.

Con los hijos, por ejemplo. Cuando habían hablado de formar una familia, Melody había tenido la sensación de que él quería tener hijos pronto, pero ella nunca había hablado del tema de verdad, prefiriendo dejarlo para un futuro. Por la manera en que él había hablado antes, cuando vieron a las dos niñas japonesas, era evidente que él quería ser padre. Era posible que deseara darles a sus hijos todo aquello que él no había tenido. ¿Cómo no se había dado cuenta antes?

«Porque no me había tomado la molestia de pensar en ello, había estado demasiado ocupada tratando de ser la esposa que yo pensaba que Zeke James debía tener». Eso representaba todo lo que les había ido mal en su matrimonio antes del accidente y casi todo era culpa de ella, pero le había sido imposible sacar a la luz sus inseguridades porque las había encerrado en lo más profundo de su ser, donde se encontraba la niña asustada que había sido. Sin embargo, ya era una mujer adulta y tenía que enfrentarse a los miedos y a las emociones antes de poder comportarse correctamente como persona o esposa.

Era un desastre. Melody se bebió el café mientras las lágrimas se agolpaban en sus ojos. Zeke no merecía una mujer complicada como ella, y nunca le pediría el divorcio porque se había comprometido con ella y no rompería el compromiso. Así que, era ella la que debía terminar la relación y permitir que él encontrara la felicidad con alguien que estuviera a su altura, algo que ella nunca había sido.

Cuando Zeke le sujetó el rostro para que lo mirara, era demasiado tarde para ocultar las lágrimas. Él la miró fijamente y dijo:

–Todo va a salir bien –le secó las lágrimas–. Ahora que estás conmigo todo volverá a su sitio, ya lo verás.

Ella negó con la cabeza.

–No, Zeke. No será así.

–¿De veras crees que tus cicatrices influirán en el amor que siento por ti? ¿Aparte de aumentar mi admiración por la manera en que has luchado para recuperarte de las lesiones? ¿Crees que soy así de superficial?

–No creo que seas superficial –ella tragó saliva–. Y me he dado cuenta de que todo esto tiene que ver conmigo, no contigo. No deberíamos habernos casado, al menos, no hasta que yo me conociera de verdad. Hasta que comprendiera cuáles eran mis problemas.

–¿Y ahora ya te conoces?

–Empiezo a hacerlo –se humedeció los labios–. Y no me daba cuenta de lo complicada que era.

–No, no eres complicada –dijo con calma–. Solo vulnerable, temerosa y desconfiada. Siempre lo has sido, Dee. No es una sorpresa para mí. También eres valiente, dulce y generosa, y tienes el corazón más grande de todos aquellos que he conocido. Lo positivo contrarresta a lo negativo con creces. Si vas a analizarte a ti misma, hazlo bien.

Melody se puso un poco tensa.

–¿Crees que me conoces tan bien?

–Sé que te conozco.

–Tú estás muy seguro de ti mismo, ¿no?

–He de estarlo –dijo él–. Por tu bien y por el mío. El accidente ha sacado a la luz asuntos que, de otro modo, habríamos tratado despacio, con el paso de los años. Y puesto que así ha sido, quizá sea lo mejor.

Ella lo miró dolida.

–¿Cómo puedes decir eso? –lo acusó–. He perdido todo para lo que había trabajado toda mi vida.

–No, Dee. Has perdido la capacidad de bailar como bailabas antes. Eso es todo. Todavía puedes ver, oír, oler y tocar. No se te ha dañado la mente, tu intelecto está intacto, y puedes tomar decisiones acerca de dónde quieres ir y qué quieres hacer, y llevarlas a cabo sin depender de los demás para poder moverte o caminar. Hay montones de personas que darían diez años de su vida por tener lo que tú tienes.

La rabia se apoderó de ella.

–¿Me acusas de autocompadecerme?

–Lo has dicho tú, no yo –dijo él, cuando las luces se apagaron otra vez.

Melody apenas oyó que la orquesta comenzaba a tocar. Se sentó mirando al escenario tratando de contener las lágrimas y repitiéndose que lo odiaba. ¿Cómo se había atrevido a decirle todo eso después de lo que había pasado? ¿Es que no comprendía cómo le había cambiado la vida? ¿No le importaba?

Había acertado en insistir que le diera el divorcio, y esa era la prueba.

Se levantó el telón, pero ella tardó unos minutos en concentrarse en lo que estaba pasando en el escenario. El drama de su propia vida era mayor. Notó que Zeke la miraba, pero ella no lo miró.

Al cabo de un tiempo, la rabia se desvaneció y una vocecita le recordó en su cabeza que Zeke tenía razón. Era posible, pero había sido cruel, duro e insensible con ella. ¿Cómo podía decirle que la amaba y hablarle de esa manera?

Pasaron otros veinte minutos antes de que ella pudiera admitir que Zeke le había dicho lo que nadie más se hubiera atrevido a decir. Desde que lo conocía, siempre lo había visto comportarse de forma sincera y directa. Y nadie se había comportado de ese modo con ella, al menos, no con tanta dureza.

Se cerró el telón y el público comenzó a aplaudir con entusiasmo. Melody se sentía como un trapillo mojado. «Si hubiese aguantado veinte sesiones de fisioterapia sin descanso, no habría estado más agotada»; pensó cuando se encendieron las luces y la gente comenzó a ponerse en pie. Era como si en las últimas horas hubiese destapado todos sus problemas e inseguridades. «Menuda Nochebuena», pensó destrozada.

Además, debía de tener muy mal aspecto, porque Zeke le preguntó con preocupación:

—Podemos olvidar lo de cenar fuera y pedirle algo de comer al servicio de habitaciones del hotel, si lo prefieres. Probablemente, con este tiempo sea lo más sensato.

Melody asintió. La idea de una cena a solas la asustaba, pero se volvía tan torpe cuando estaba cansada que casi prefería regresar al hotel antes de caerse de bruces delante de él.

–¿Si no te importa?

Él la besó despacio y ella no tuvo energía para protestar.

–Venga –dijo él–. Vámonos a casa.

«Si de verdad fuera así», pensó Melody con un nudo en la garganta. Si hubiese sido un año atrás, cuando todo estaba bien. Aunque, ¿realmente había estado bien?

Estaba agarrotada cuando se levantó de la butaca y tuvo que concentrarse para andar. Apenas habían salido del palco cuando Zeke la tomó en brazos y la besó de nuevo con decisión y delicadeza a la vez. Despacio. Con calma.

Melody estaba temblando cuando él se separó de ella, y él la miró sonriendo:

–Mi estilo de fisioterapia –le dijo–. Y es una marca muy exclusiva.

Ella soltó una carcajada.

–¿Y llevas mucho tiempo dedicándote a ello? –murmuró ella.

–Soy nuevo –admitió él–. Necesito practicar mucho –le acarició los labios–. La práctica hace la perfección. ¿No es eso lo que dicen?

–Supongo que sea quien sea tiene razón –se separó de él–. Si nos descuidamos seremos los últimos en salir del teatro.

Zeke sonrió.

–Me parece bien.

A ella también. Lo último que deseaba era tener

más conversaciones como la de Angela. El problema era que a Zeke lo reconocía todo el mundo.

–No me gusta ser la última en nada –dijo ella, decidida a evitar que no la abrazara de nuevo, y cuando Zeke la tomó del brazo y la guio hasta las escaleras, supo que él había comprendido su indirecta.

Un taxi los esperaba a la salida del teatro. Zeke la ayudó a subir al coche y le pidió al conductor que los llevara al restaurante antes de acomodarse junto a ella.

–Nochebuena –dijo él, y colocó el brazo sobre el respaldo de ella–. Tu noche favorita. La noche de los milagros.

Así que él lo recordaba. En las primeras navidades que pasaron juntos, ella le había contado que la Nochebuena le parecía una noche especial, aunque no sabía explicarle por qué. Durante su infancia solitaria, a pesar de las circunstancias en las que ella vivía, esa noche tenía una innegable aura de magia. Parecía tiempo de milagros, de recuperar los sueños perdidos, las esperanzas y las aspiraciones, y ella nunca había dejado de creer en ello.

Excepto esa noche. Melody no era capaz de ver la luz al final del túnel. Y no confiaba en ser capaz de no estropear lo que tenía con Zeke si se quedaba con él. No podía vivir con la duda, la incertidumbre, y el temor de que todo se derrumbara y él terminara entre los brazos de otra mujer. Alguien bella y elegante que pudiera amarlo de corazón y confiar plenamente en él.

Esa iba a ser su última noche juntos. Al día siguiente conseguiría marcharse de algún modo y encontraría un lugar donde quedarse Tenía un par de amigas que vivían en esa zona. Alguna la acogería. Navidad no era el mejor día para aparecer en la puerta de nadie, pero no podría evitarlo. Tenía que escapar de Zeke. Tenía que conseguir que él lo comprendiera. Zeke no era para ella. Y Melody ya no creía en los milagros.

Capítulo 8

MELODY debió de quedarse dormida porque, de pronto, notó que el taxi se paraba y oyó que Zeke le decía que ya habían llegado al hotel.

–Vamos, dormilona –le dijo con ternura y la ayudó a salir del coche–. ¿Qué tal si te pones algo más cómodo cuando lleguemos a la suite? ¿O quizá te apetece darte un baño primero? El servicio de habitaciones tardará un poco en subir la cena después que elijamos, así que tendrás tiempo de sobra.

Ella lo miró mientras entraban en el recibidor, consciente de que esa noche cojeaba más que antes, pero incapaz de hacer nada al respecto.

–Creo que me iré directamente a mi habitación –dijo ella–. No tengo hambre. Si no te importa, me salto la cena.

–Aunque no tengas hambre, tienes que comer.

–No, Zeke. Ya te lo he dicho... Me voy directa a la cama.

Ya estaban en el ascensor y, en cuanto se cerraron las puertas, él la miró a los ojos y dijo:

–La cena es obligatoria, Dee. A menos que quieras que elija yo por ti, te sugiero que mires la carta.

–Por favor, Zeke. ¿Qué vas a hacer? ¿Obligarme a comer? –dijo ella, enojada.

–Si es necesario –asintió él–, lo haré.

Ella sabía que hablaba en serio.

–No soy una niña, Zeke.

–Entonces, no te comportes como tal. Has estado muy grave y todavía te estás recuperando. Necesitas comida de calidad y en abundancia.

–Creo que soy lo bastante capaz para saber cuándo quiero comer, muchas gracias.

Zeke arqueó las cejas y sonrió. Ella lo ignoró y miró hacia la puerta, consciente de que no merecía la pena discutir.

Al entrar en la suite, la luz del árbol de Navidad y de un par de lamparillas que Zeke había dejado encendidas, hacían que el lugar pareciera muy acogedor. Se quitaron el abrigo y Zeke dejó la chaqueta sobre una silla, se aflojó la pajarita y se desabrochó dos o tres botones de la camisa antes de acercarse a la mesa de café donde estaba la carta del restaurante.

–Yo pediré un filete. ¿Y tú? El pastel de frambuesa y *limoncello* suena bien. Me muero de hambre.

Melody se dejó caer sobre un sofá.

–Yo pedí ternera a la hora de comer.

–¿Y qué te parece salmón al horno con hinojo y remolacha? Es una alternativa más ligera, perfecta para abrir el apetito.

Ella se encogió de hombros, consciente de que se estaba comportando como una niña otra vez, pero sin saber cómo protegerse de la tentación que él representaba. Estaba más sexy que nunca y su aspecto desenfadado no conseguiría engañarla

–Creo que voy a darme un baño –dijo ella, mientras Zeke descolgaba el teléfono y salía de la habitación sin darle una respuesta.

Una vez en su dormitorio, ella cerró la puerta y se apoyó en ella, preguntándose por enésima vez cómo se había metido en esa situación.

–Solo es una noche –susurró–. Nada ha cambiado.

Sus planes no se habían alterado y Zeke no podía obligarla a que permaneciera casada con él. Lo importante era que no perdiera la cabeza y, al día siguiente, estaría en otro sitio.

Deseaba estar a miles de kilómetros de Zeke y, al mismo tiempo, deseaba estar donde pudiera verlo, y tocarlo a cada minuto. Sin embargo, no podía permitir que él percibiera lo que sentía. Ni siquiera había empezado a aceptar que su matrimonio había terminado, así que ella debía permanecer fuerte y centrada.

Melody se dio un baño corto y se puso un pijama. Después se puso el albornoz para mayor protección. Al abrir la puerta oyó que sonaban villancicos en el salón. Estaban retransmitiendo un concierto por la televisión.

Zeke estaba sentado en uno de los sofás, con una copa de brandy en el reposabrazos. Su aspecto era muy sexy y Melody notó que se le secaba la boca al verlo. Cuando ella entró en la habitación, él abrió los ojos y señaló la copa.

–¿Te apetece una?

Ella negó con la cabeza.

–Ya he bebido bastante por hoy, gracias. Llevaba tres meses sin beber, no lo olvides.

–No he olvidado ni un solo segunda de los últimos tres meses, te lo aseguro. Esos meses quedarán grabados en mi memoria para siempre.

Él se movió para que ella pudiera sentarse a su lado en el sofá, pero Melody se sentó en el de enfrente, fingiendo interés por el concierto. Dobló las piernas y se las cubrió con el albornoz.

–Están cantando en una catedral preciosa. En esos lugares parece que no pasa el tiempo.

–¿Por qué te has distanciado de mí completamente? –preguntó él–. Me encantaría saberlo.

–Zeke, por favor, no empieces otra vez.

–Para ser una criatura tan dulce y cariñosa, cuando quieres también puedes ser dura como una roca –comentó él.

Ella lo miro a los ojos.

–No soy dura.

–Solo conmigo, con el resto del mundo no. ¿Y por qué? ¿Qué tengo yo para que pienses que no sangro cuando me corto? ¿Que no tengo sentimientos como los demás?

Ella respiró hondo.

–Sé que los últimos meses han sido muy duros para ti también. Lo sé, pero eso no cambia las cosas.

–¿Me culpas por no haber estado contigo cuando sucedió? –preguntó él–. Es comprensible. Yo mismo me siento responsable. Podría... Debería haberlo evitado. Te decepcioné y es imperdonable.

Sorprendida, ella lo miró:

–Por supuesto que no te considero culpable. ¿Cómo iba a hacerlo?

–Muy sencillo –dijo él, inclinándose hacia delante para mirarla a los ojos–. Se suponía que ese día íbamos a quedar a comer. Habría estado contigo si no hubiera surgido un imprevisto y no hubiese cancelado la cita. No debí darle prioridad al trabajo en lugar de a mi esposa...

–Basta, Zeke –susurró ella horrorizada–. El accidente no tuvo nada que ver contigo. Fui yo. Durante unos instantes no pensé. Eso es todo. Es posible que todo el mundo tenga lapsus de concentración cada día. Yo lo tuve en el lugar y en el momento equivocado. No fue culpa tuya.

Ella se había olvidado de que ese día habían quedado para comer, pero que él había llamado para cancelar la cita. El traumatismo había hecho que lo borrara de la memoria. No podía creer que Zeke llevara culpándose por lo que había sucedido todo ese tiempo. Ella era la única culpable.

Zeke se puso en pic y negó con la cabeza.

–Yo no lo veo así, pero no vamos a discutir por ello –la miró a los ojos–. No voy a permitir que te vayas de mi lado, Dee. Y menos después de haber estado a punto de perderte hace tres meses.

Lo más difícil que había hecho en su vida era mirarlo a los ojos y decirle la verdad.

–No tienes elección. Hacen falta dos para formar una pareja y yo no puedo seguir así. Necesito... –hizo una pausa al ver que le temblaba la voz–. Quiero el divorcio, Zeke. Nuestras vidas van a ir por caminos diferentes a partir de ahora. Estoy segura de que eso lo sabes tú también. Las cosas no van a ser como antes. Ha terminado.

Tan solo dos palabras acabaron con toda la intimidad que habían compartido, los buenos tiempos, las risas, la alegría y el placer. Ella observó que a Zeke le cambiaba la expresión del rostro, como si se hubiera puesto una máscara para ocultar cualquier emoción.

–¿Y lo que yo quiero no cuenta para nada?

–Lo hago por ti, al igual que por mí...

–No me digas eso. Es una escapatoria fácil y lo sabes. No me has preguntado ni una sola vez qué es lo que quiero ni cómo me siento. Simplemente me has dicho que te vas y nada más.

Ella comprendía que él se sintiera de ese modo, pero ¿cómo podía explicarle que lo hacía para sobrevivir? Siempre se había sentido fuera de lugar en el mundo de Zeke, pero antes del accidente al menos sabía que destacaba en una cosa, en la danza. Era muy buena, y esa era la base de quién era ella, para bien o para mal. Sin embargo, eso se había terminado gracias a un camión de diez toneladas...

El nudo que sentía en el estómago no tenía nada que ver con el accidente sino con ver que Zeke estaba muy tenso.

–Cuando yo era una niña siempre estaba de observadora. Nunca me invitaban a las fiestas y nadie me acompañaba a casa desde el colegio, ni me llamaba para ir al parque o para jugar en su casa. Mirando atrás, ahora sé que era porque mi abuela nunca me dejaba estar con amigas y porque ella no era amiga de otras madres, pero entonces yo pensaba que era por mi culpa. Me sentía diferente por no tener madre ni padre, como ellas. Quizá ellas tampoco los tenían, no lo sé. Entonces, descubrí que mientras bailaba el resto del mundo no me importaba. Era como si no fuera yo. Y mi abuela me animaba a hacerlo, porque sabía lo mucho que significaba para mí. Lo hacía por mí.

–Mientras en el resto de cosas te fastidiaba.

Asombrada por la amargura y la rabia que denotaba su voz, Melody le contestó:

–No, no era así. Ella lo hacía lo mejor que podía,

igual que todos, supongo. Ella no tenía por qué cuidar de mí, podía haberme dejado en una casa de acogida, pero no lo hizo. También había sufrido mucho. Creo que amaba mucho a mi abuelo, y sunca superó su pérdida. Lo que hizo fue ocultar su dolor tras una fachada de mujer dura. Y despés perdió a su hija también, a mi madre. Tenía muchas cosas por asimilar.

–La estás excusando. Siempre lo haces –dijo él.

–Solo intento explicártelo.

–Dee, tú eres más que solo una bailarina. Siempre lo has sido –él estaba en cuclillas frente a ella y sus pantalones marcaban los músculos de sus piernas.

La temperatura de la habitación subió unos veinte grados y Melody no podía pensar con claridad. Ella lo miró, consciente de que iba a besarla y deseándolo más de lo que nunca había deseado algo en su vida.

En ese momento, llamaron a la puerta y se oyó una voz masculina.

–Servicio de habitaciones.

Zeke reaccionó antes que ella y se puso en pie para dirigirse a la puerta.

El hombre entró con un carrito de servir y, rápidamente, preparó una mesa en una esquina de la habitación y encendió dos velas en un candelabro de plata.

–¿Quiere que les sirva la comida, señor? –preguntó a Zeke mientras abría una botella de vino.

Zeke miró a Melody, que todavía estaba sentada en el sofá.

–No, estamos bien. Gracias y feliz Navidad –le dio una propina.

–Feliz Navidad para ustedes también.

Melody se acercó a la mesa y se sentó en la silla que Zeke había sacado para ella.

–¿Puedo servirle el primer plato, señorita?

Levantó la tapa de dos cuencos y le mostró una sopa humeante que olía de maravilla.

–Yo no he pedido esto –dijo Melody.

–Pensé que debíamos hacerlo correctamente –colocó un panecillo crujiente en un plato pequeño y se lo dio antes de sentarse en su silla–. Come.

La sopa estaba deliciosa y el salmón también. Zeke estuvo conversando relajadamente durante la cena, bromeando y haciéndola reír. Melody se sentía tranquila, por primera vez desde hacía meses. Era una extraña sensación.

Cuando Zeke sacó los postres, Melody estaba segura de no poder comer nada más, pero el pastel Madeira con licor de *limoncello* y costra de mascarpone era perfecto para finalizar la comida. Satisfecha, se terminó la copa de vino y, cuando Zeke se levantó de la mesa y la agarró de la mano para llevarla hasta el sofá, ella no protestó.

–Es medianoche –murmuró él, sentándose a su lado–. Feliz Navidad, cariño.

Cariño. «Él no debería llamarme cariño», pensó ella.

Observó que él se metía la mano en el bolsillo y sacaba un paquete pequeño. La besó rápidamente y se lo entregó.

–¿Qué es? –preguntó ella.

–Ábrelo y lo descubrirás.

–Zeke, yo no quería nada...

–Shh –la besó de forma apasionada y, cuando se separó de ella, vio que estaba temblando–. Ábrelo –le dijo.

La alianza era preciosa. Diamantes y esmeraldas

engarzadas en un delicado anillo de oro blanco. Zeke
se lo colocó en el dedo y comprobó que encajaba a
la perfección entre el anillo de boda y el de compromiso. Melody lo miró y experimentó una mezcla de
emociones. Se cubrió los ojos con las manos, odiándose por lo que le estaba haciendo a Zeke.

Él le retiró las manos y la agarró por las muñecas
para mirarla a los ojos. Ella se percató de que él había
envejecido en los últimos tres meses. El tiempo había
dejado marcados sus rasgos, tal y como ocurre cuando
alguien ha sufrido una insoportable pérdida.

–Te quiero –dijo él–. Eso es lo que esto significa.
Siempre te querré. Este sentimiento no es opcional.
No es algo que pueda encender y apagar. Cuando
apareciste en mi vida creía que me iba bien, que era
autónomo, moderno... llámalo como quieras. Tu lle-
gada fue inesperada. No estaba buscando a una mujer
para siempre. Creo que ni siquiera entendía la idea
hasta que tú apareciste en el escenario y bailaste ga-
nándote mi corazón.

A Melody se le formó un nudo en la garganta.

–No podré bailar nunca más.

–Pero estás aquí. Y eso es lo que importa –inclinó
la cabeza hasta que sus bocas quedaron a milímetros
de distancia–. Has de creerlo, Dee, porque no sé
cómo convencerte, aparte de diciéndotelo y de demostrarte lo mucho que te quiero.

Con un suspiro, ella aceptó que la besara. Se
apoyó contra él para sentir su fuerza, su masculinidad
y su potente virilidad. Todo aquello que echaba pro-
fundamente de menos. Zeke la besó en los párpados,
manteniéndoselos cerrados como si supiera que ella
necesitaba bloquearlo todo acerca de él, excepto su

sabor y su tacto. Melody sintió que su deseo aumentaba a medida que él la besaba, hasta que su sabor y su aroma se volvieron irresistibles. Lo deseaba. Y mucho.

Él la tomó en brazos y la llevó hasta su dormitorio. Cerró la puerta y entró en la habitación en penumbra, iluminada solo por una lamparilla que él se había dejado encendida antes de salir.

Melody se puso tensa cuando él la dejó sobre la cama, pero enseguida Zeke se colocó a su lado y la abrazó para tranquilizarla. No había prisa, así que la besó despacio en los labios, dándole placer sin exigirle nada a cambio.

Melody notaba los senos presionados contra su torso musculoso y las caricias que él le hacía en la espalda, desde los hombros hasta las caderas. Poco a poco, consiguió relajarla y notó que ella se acurrucaba contra su cuerpo y, entonces, la besó de forma apasionada.

Melody apenas se percató cuando él le quitó el albornoz, y la parte de arriba del pijama, para acariciarle la piel suave de su cuello antes de besarle los pechos. Ella gimió cuando él capturó un pezón con la boca dedicándole plena atención antes de capturarle el otro, y le quitó la camisa para poder acariciarle su pecho musculoso y cubierto de vello varonil.

Ella llevó la boca hasta su torso y le cubrió con ella uno de sus pezones. Sabía ligeramente salado y tenía aroma a jabón de limón. Una vez, al principio de su matrimonio, ella le había dicho que le parecía muy guapo y él se había reído diciéndole que solo las mujeres eran guapas. Sin embargo, estaba equivocado. Era guapo. Tenía un cuerpo poderoso como el de las estatuas de los dioses griegos.

–Echaba esto de menos –murmuró él–. No solo el sexo, sino ser capaz de abrazarte, de saber que estás ahí, de que solo necesito alargar la mano para tocarte.

Melody sabía a qué se refería. Había cosas más íntimas que el acto de hacer el amor, pequeños gestos que se daban en las parejas que indicaban comprensión.

–Por supuesto, el sexo es estupendo –añadió él con un susurro al notar que ella le acariciaba el miembro erecto–. No estoy pidiendo mantener celibato.

La habitación seguía en penumbra y Melody se sentía segura para continuar con lo que estaba sucediendo, así que, cuando él le retiró el pantalón del pijama y se desnudó también, ella lo agarró para que se colocara sobre su cuerpo. No quería pensar. Si lo hacía, su conciencia la obligaría a parar, y sería injusto para él porque esa noche no cambiaría nada. Así que no pensó. Solo sintió, acarició y saboreó.

Él estaba desnudo y ella le acarició de nuevo su miembro erecto, consciente de que le provocaba placer doloroso cuando él gimió y la agarró de la muñeca.

–Vamos a ir despacio en esto –dijo jadeando–. Hemos esperado demasiado como para apresurar las cosas, pero soy humano, Dee.

Sus ojos brillaban como los de un animal en semioscuridad, y ella le sujetó el rostro con ambas manos.

–Esta noche somos tú y yo –susurró ella–. Sin pasado ni futuro, solo el presente. Quiero hacer el amor contigo, Zeke. Quiero sentirte otra vez dentro de mí.

–No tanto como yo deseo estar ahí –la besó de

nuevo y, cuando ella trató de guiarlo a su interior, le retiró la mano–. Más tarde –murmuró–. Tenemos todo el tiempo del mundo.

Zeke comenzó a acariciar y a saborear todo su cuerpo, despacio, y con tanta sensualidad que ella comenzó a jadear y a retorcerse bajo sus manos y su boca.

Hicieron el amor y lo disfrutaron como siempre. Los sentimientos eran los mismos, pero diferentes. Desde hacía un tiempo, ella no se conocía a sí misma, y mucho menos a Zeke, pero estaba segura de una cosa. Lo deseaba, porque lo amaba. Siempre lo amaría. Era una de las cosas que había averiguado, y formaba parte de lo que la había aterrorizado después del accidente. Quizá, en el fondo, siempre la había aterrorizado. El amor daba mucho poder al que era amado. Había destrozado a su abuela, y probablemente a su madre también, y la destrozaría a ella si se quedaba con Zeke y lo permitía.

De pronto, todo el razonamiento se volvió difuso a medida que el deseo se apoderó de ella, un deseo que solo Zeke podía saciar. Él se movió una pizca y ella notó la punta de su masculinidad entre sus piernas. Zeke se movió de nuevo y la penetró un poco, provocando que ella lo rodeara con las piernas y que arqueara las caderas.

Zeke la besó en la boca y la penetró del todo, esperando unos instantes para que el cuerpo de Melody se adaptara a su miembro erecto antes de comenzar a moverse de forma rítmica. Al cabo de unos instantes, el placer se volvió casi insoportable.

Cuando llegó al clímax, Melody pensó que iba a romperse en mil pedazos. Sus músculos se contraían de forma tan violenta que Zeke alcanzó el orgasmo segundos más tarde y pronunció su nombre con un gemido.

Después, se derrumbó sobre ella y ocultó el rostro contra el cuello de Melody mientras murmuraba su nombre otra vez, con dulzura y cariño.

Pasó un rato antes de que él se incorporara sobre uno de los codos, la mirara y le dijera:

–¡Guau! Si esto es lo que hace un tiempo de abstinencia, no está tan mal –le retiró un mechón de pelo de la mejilla–. Eres estupenda, mujer.

–Tú tampoco estás mal –comentó ella, agradecida de que él estuviera relajado y de muy buen humor. En aquellos momentos no podría haber soportado nada más profundo. Sabía que Zeke consideraría que el hecho de que hubieran hecho el amor significaba que todo se había solucionado entre ellos, pero ella ya se enfrentaría a ello cuando llegara el momento.

Zeke estiró del edredón para cubrir a ambos y abrazó a Melody contra su cuerpo:

–¿Cómo es posible sentirse como en casa en una habitación de hotel solo por estar al lado de la persona que amas? Sin embargo, cuando no estabas, nuestra casa parecía un lugar inhóspito. Me he dado cuenta de que podría vivir en una cabaña de barro y ser feliz si tú estuvieras a mi lado.

Melody forzó una carcajada.

–No te imagino en una cabaña de barro, a menos que tuviera acceso a internet.

Hubo un momento de silencio antes de que Zeke se moviera y la mirara a los ojos:

–¿Tú crees? Cualquiera que te oiga pensará que soy un loco controlador.

Ella nunca sabía cuándo estaba bromeando. Lo miró unos instantes y al ver el brillo de su mirada dijo:

–Hmm –y se acurrucó contra él.

–De hecho, te equivocas –la besó en la cabeza–. Como ya te he dicho, no es mi trabajo el que me controla. Nunca lo ha hecho. Hago mi trabajo porque me gusta y porque me resulta satisfactorio. A veces, alguna situación se complica y he tenido que esforzarme mucho para obtener poca recompensa, pero no ocurre a menudo. Otras veces he cometido errores. Como cuando cancelé una comida porque había un problema que creía que solo podría solucionar yo. El gran error de mi vida –hizo una pausa y continuó–. Bueno, puede que tenga algo de controlador, pero no mucho.

Melody sabía que Zeke no podía cambiar. Después de todo, antes de casarse con él ya sabía dónde se metía. No obstante, entonces las cosas eran diferentes. Ella era diferente. Y no podía volver a ser como había sido.

De pronto, en su cabeza aparecieron todos los motivos que respaldaban por qué había sido una locura acostarse con él otra vez, y el pánico se apoderó de ella. No se percató de que se había cambiado de posición, ni de que estaba tensa, pero Zeke debió de notarlo porque preguntó:

–¿Qué te pasa? Otra vez te estás retirando.

Ella escapó de entre sus brazos y se sentó en el borde de la cama.

–No seas tonto. Tengo que ir al baño –buscó el pantalón del pijama, pero resultaba difícil diferenciar la ropa que estaba esparcida por el suelo con tan poca luz. La idea de ir desnuda hasta el baño era impensable. ¿Y si él encendía la luz principal o la seguía? Y tampoco podía quedarse allí toda la noche.

–¿Dee? –él le tocó la espalda y ella se sobresaltó–. ¿He dicho algo que no debía? Solo intentaba ser sincero.

–Está bien –se puso en pie y, prácticamente, corrió hasta el baño. Cerró la puerta y descolgó el albornoz de toalla que había en la puerta y se lo puso. Se anudó el cinturón, cerró los ojos y suspiró aliviada. Estaba a salvo. Él no la había visto.

Melody sabía que Zeke la seguiría, así que cuando llamó a la puerta no se sorprendió.

–¿Dee? ¿Estás bien?

–Sí, estoy bien –contestó ella, y se ató más fuerte el cinturón.

–No te creo.

–Estoy bien. Te lo prometo. Solo necesito un minuto. Por favor, Zeke, saldré enseguida.

Hubo una pausa y después Zeke dijo:

–Iré por algo de beber. ¿Qué te apetece? ¿Vino? ¿Zumo de frutas? ¿Café, té, chocolate caliente? Hay de todo en la nevera.

–Un café. Gracias.

–No tardes. Ya te echo de menos.

Ella esperó hasta estar segura de que él se había ido y encendió la luz. Se miró en el espejo y vio a una mujer pálida que apenas reconocía.

¿Qué había hecho? ¿Y qué clase de mensaje le había mandado a Zeke al acostarse con él? «No, Zeke, no quiero seguir casada contigo. Sí, Zeke, cuanto más íntima sea nuestra relación, mejor».

Melody se sentó en el borde de la bañera y se cubrió los ojos como si pudiera borrar el recuerdo de la última hora. Por supuesto, le resultó imposible. Había hecho cosas muy estúpidas en la vida, pero aquello había sido la mayor estupidez. Era algo cruel, egoísta, irracional y completamente imperdonable. Él la odiaría, y ella no podría culparlo por ello.

Al cabo de un momento, Zeke llamó de nuevo a la puerta.

—Si no sales, entraré yo.

Ella se puso en pie y abrió la puerta.

—Me disponía a salir.

—Pensé que preferirías tomar el café en el salón —dijo Zeke con frialdad. Iba vestido con el pantalón del pijama negro de seda y nada más, y su aspecto era muy sexy—. Después, a lo mejor puedes contarme por qué has salido de nuestra cama como un gato escaldado. Tenía la sensación de que había sido estupendo.

—Primero, no es nuestra cama. Es tu cama —pasó junto a él y se dirigió al salón—. Segundo, no he salido de la cama como un gato escaldado ni nada parecido.

Miró la mesa de café y vio que había café y galletas. Se acercó a la ventana y abrió las cortinas. Estaba nevando otra vez.

Zeke se acercó por detrás y la abrazó.

—Está bien, hablemos. Ya he captado el mensaje de que no todo está resuelto.

Ella no sabía cómo decírselo.

—No quiero que te hagas la idea equivocada —dijo ella.

—Señorita, no sé con qué carta quedarme —dijo él—. Eras tú con la que hice el amor hace un rato, ¿verdad? No tienes una doble que se hace pasar por ti de vez en cuando, ¿no?

—Lo que quiero decir es...

—Lo que quieres decir —la interrumpió y la giró para que lo mirara—, es que a pesar de haberte acostado conmigo todavía mantienes esa ridícula idea del divorcio, ¿no es así?

Ella no podía decir si él estaba furioso y lo ocultaba estupendamente o si su ligero tono de sarcasmo era real. Zeke era un maestro de lo inescrutable.

—De acuerdo. Pues ya lo has soltado. Tómate el café.

—Zeke, tienes que comprenderlo...

Él la silenció con un beso.

—Ven a tomarte el café y unas galletas. Y después hablaremos. Quizá teníamos que haber hablado antes de acabar en el dormitorio, pero nunca dije que fuera perfecto.

—No hay nada que decir —protestó ella.

—Muchas cosas, me parece a mí. Mira, Dee. Hasta que puedas convencerme de que lo nuestro ha terminado, no ha terminado.

Melody se puso tensa y apoyó las manos sobre su torso.

—Suéltame.

—Por supuesto —la soltó enseguida—, pero tendrás que convencerme de todas maneras. Formas parte de mí, Dee. Eres la mitad de un todo. Tengo ciertos derechos. Te casaste conmigo, ¿recuerdas?

—Hablas como si me poseyeras —estaba temblando por dentro. Estar tan cerca de él era un tormento, pero sabía que si no atacaba estaría perdida—. ¿Eso es lo que piensas?

–Solo lo mismo que tú me posees a mí –dijo él–. Es mutuo. Tú me das tu amor, y es mío, y mi amor es tuyo. La diferencia es que yo confío en ti, con todo lo que soy y todo lo que tengo. Pero tú todavía no, ¿verdad? Tengo un signo de interrogación sobre mi cabeza, como si fuera la espada de Damocles. La confianza de verdad incluye compromiso, y volverse vulnerable, Dee. Puede hacerte sentir expuesto y asustado. No me mires así. ¿Crees que eres la única que está asustada por la enormidad de lo que implican el amor verdadero y la confianza? No obstante, a la larga merece la pena.

Ella negó con la cabeza, y no se dio cuenta de que las lágrimas rodaban por sus mejillas hasta que él no dio un paso adelante y se las secó con el dorso de la mano.

–Todo va a salir ben –le aseguró él–. Eres buena persona, igual que yo. De hecho, yo soy una persona estupenda. Estamos hechos para estar juntos.

–No quiero hacerte daño –susurró ella–, pero es mejor que sea ahora que más tarde. Esto... Lo nuestro es imposible, Zeke.

Zeke la sentó en el sofá y le tendió una taza de café.

–Esta es tu noche –colocó una galleta en el plato, junto a la taza–. Una noche para reírse de lo imposible. Para confiar.

Melody no podía hacerlo. Se llevó la taza a los labios y ni siquiera se percató de que la leche era de la clase que odiaba. Ya no podía confiar más.

Capítulo 9

BEBIERON el café en silencio, comiendo galletas de forma automática. Melody no quería hablar y empezar a discutir otra vez. No había nada más que decir. Estaba muy cansada, anímicamente. Había pasado semanas repasando los argumentos de ambos, mientras estaba sola en la cama del hospital. No había nada nuevo que Zeke pudiera decir que ella no hubiera pensado ya. Lo había razonado todo.

–Vamos a hacer un muñeco de nieve.

Melody lo miró asombrada.

–¿Qué?

–Un muñeco de nieve –señaló hacia la ventana–. El hotel tiene un pequeño patio que se ve desde el restaurante. Hay un árbol y unos arbustos en él. Podríamos hacer un muñeco de nieve –sonrió–. Vivamos peligrosamente. ¿Qué dices?

–No podemos –ella negó con la cabeza–. Todo el mundo duerme. Y probablemente el patio esté cerrado. No nos permitirán hacerlo.

–Habrá alguien en la recepción –tiró de ella para que se pusiera en pie–. Me apetece salir a tomar aire fresco.

–Pensarán que estamos locos.

–Tienen derecho a opinar así –inclinó la cabeza y

la besó de nuevo–. Vístete con algo calentito... ¿A menos que estés muy cansada?

«Se refiere a si me duelen las piernas», pensó Melody. Y le dolían un poco, pero nada parecido a cómo le habían dolido en el hospital, cuando no tenía nada más en qué pensar excepto en cómo se sentía.

–No, no estoy cansada.

–Entonces, vamos. Construiremos nuestro propio muñeco para la posteridad.

–Odio recordártelo, pero se derretirá dentro de unos días.

–Ah, pero el recuerdo permanecerá –dijo él, y cada uno se dirigió hacia su dormitorio–. Y yo soy de los que creen que los muñecos de nieve cobran vida cuando están a solas. Él aprovechará al máximo su estancia aquí.

–Estás loco –dijo ella riéndose–. Completamente loco. Lo sabes, ¿verdad?

–No, solo agradecido –dijo muy serio–. Hace unos meses me estaban diciendo que me preparara para lo peor, el día que ingresaste en el hospital. Ese tipo de experiencia hace que uno decida lo que realmente es importante en la vida y lo que no. Uno cree que tiene todo bajo control, que el futuro está predeterminado y, de pronto, uno se da cuenta de que puede cambiar en cualquier momento. Los seres humanos somos muy frágiles. Nos rompemos con facilidad.

–Sobre todo si chocamos con un camión –comentó Melody–. Era mejor antiguamente, cuando se iba en carro y a caballo. Al fin y al cabo, que te pisara una rueda no era tan malo.

–Supongo –dijo él, con brillo en la mirada–. Aunque de pequeño un caballo me dio una coz y no fue muy agradable. Tuve un gran moretón durante semanas.

Había tantas cosas que Melody no sabía de él... No sabía por qué, de pronto, le parecía tan importante que no supiera nada acerca de aquel incidente de la infancia. Se volvió, entró en su dormitorio y se vistió rápidamente con varias capas de ropa, un abrigo, un gorro y una bufanda de lana. Estaba segura de que los empleados del hotel pensarían que estaban locos, pero aquello compensaba las noches de hospital que había pasado despierta mientras el resto del mundo dormía. Todo parecía tan negro y deprimente cuando se estaba despierto y con dolor.

¿Quizá había pensado demasiado? ¿Y cómo iba a no pensar si no se podía dormir? Se había negado a tomarse pastillas para dormir, ya había tomado bastante medicación durante los primeros días del accidente, tanto, que no recordaba nada.

«Deja de pensar», se regañó, y recordó lo que solía decirle una de las enfermeras. *Hay que fluir*, y esa noche fluir significaba comportarse como unos niños.

Zeke la estaba esperando cuando salió de la habitación y, una vez en el ascensor, la besó en la punta de la nariz.

–Con ese gorro parece que tengas diez años –dijo él.

Ella sonrió. Zeke tenía un aspecto estupendo.

–¿Y eso es bueno o malo? –preguntó ella, buscando un cumplido.

–Bueno, por supuesto. Si te soy sincero, esperaba que cambiaras de opinión acerca del muñeco de nieve –sonrió–. Pensé que no te atreverías a enfrentarte a los empleados del hotel, como eres experta en pasar desapercibida.

Era posible que fuera otro fantasma de la infancia. Su abuela siempre había sido de las que consideraba que los niños debían ser vistos, pero no oídos. Y en parte, lo que en un principio le resultó atractivo de Zeke fue su firme negativa a aceptar los límites, tanto externos como propios.

–La vida no es un cuenco de caramelos, por mucho que lo digan en esa canción –le había dicho él en una ocasión–. La vida es lo que uno quiere que sea, y para ganar a veces hay que agarrarla por el cuello y obligarla a obedecer. Hacerse el muerto no lleva a ningún sitio.

Ella no estaba segura de si había estado de acuerdo con él entonces, pero esa noche sí lo estaba.

–No se puede comparar con escalar el Everest o con viajar por el Amazonas, ¿no? ¡Un muñeco de nieve!

–Todo es relativo –contestó él–. Un muñeco de nieve podría ser como el Everest para otra persona.

Se abrieron las puertas del ascensor y ellos se acercaron al mostrador de recepción donde estaban sentados un conserje y una recepcionista.

Ambos los miraron sorprendidos.

–¿Puedo ayudarlo en algo, señor? –preguntó la recepcionista.

Zeke sonrió.

–Queremos hacer un muñeco de nieve –dijo el–. En el patio. Supongo que no hay problema.

La recepcionista pestañeó, pero se recuperó inmediatamente. Sabía quién era Zeke James y había causado bastante revuelo el hecho de que se hospedara en el hotel con su esposa, la pobre mujer que había estado a punto de morir tres meses antes en un terrible accidente. El director del hotel había dejado claro que les ofrecieran cualquier cosa que el señor y la señora James necesitaran.

—Por supuesto, señor. Michael les abrirá la puerta del patio. ¿Necesita algo para construir el muñeco de nieve?

Zeke se quedó pensativo unos instantes.

—Un gorro y una bufanda. ¿Y quizá una zanahoria y algo para sus ojos? Ya sabe, ese tipo de cosas. Ah, y algo que valga para los botones.

El recepcionista asintió y Melody tuvo que morderse el labio para no reírse. La chica tendría una buena historia para contar a sus compañeras. El excéntrico millonario en su máximo esplendor. Ella podría contarlo durante años en las cenas con amigas.

Cuando el tal Michael los acompañó al patio, había dejado de nevar. La noche era muy fría y la mayoría de las ventanas que daban al patio estaban sin luz.

—Iré a buscar los artículos que necesita, señor —dijo el conserje—. En objetos perdidos encontraré el gorro y la bufanda. Y para que sea políticamente correcto, me veo obligado a preguntar, ¿van a hacer un muñeco o una muñeca?

—Creo que haremos uno de cada. ¿Qué le parece?

—Muy sensato, he de decir.

Cuando el hombre se marchó, Melody miró a Zeke.

—Piensan que somos unos excéntricos, lo sabes, ¿verdad?

Él sonrió y dijo:

–Prefiero que lo llamen personalidad, ¿y por qué no vamos a disfrutar de la nieve? Hemos pasado montones de inviernos en los que no ha parado de llover. Esto es... –miró hacia el cielo y vio el árbol cubierto de nieve–. Esto es especial. Una noche entre un millón, ¿no crees?

Él tenía razón. Era una noche especial. Melody se colocó los guantes por encima del abrigo.

–Vamos a empezar –sugirió ella, confiando en que él no se hubiera dado cuenta de que tenía los ojos llenos de lágrimas.

Enseguida se pusieron manos a la obra, y ella no recordaba haberse reído tanto en años. El conserje regresó con las cosas que le habían pedido y se quedó un rato para ayudarlos. Les contó que tenía una esposa, ocho hijos y veinticuatro nietos, y que todas las navidades se reunía toda la familia para comer.

–Es un caos, pero mi mujer es absolutamente feliz cuando todos los hijos y los nietos vienen a vernos. Algunas mujeres son así, ¿verdad? Madres por naturaleza.

Melody sonrió y asintió, pero sus palabras le tocaron la fibra sensible. Antes del accidente pensaba que algún día tendría hijos con Zeke, pero después había tenido que borrarlo de su mente. Traer un hijo al mundo era un acto de gran responsabilidad y tanto el padre como la madre debían de estar preparados para ello, porque si no la relación de la pareja podía tener muchos problemas.

Como había sucedido con sus padres. Su padre se había marchado sin conocer a su hija, abandonando a su madre porque no era lo bastante maduro como para ser padre y esposo. Y ella sabía que su abuelo había culpado a su abuela por estará demasiado atada a su hija y rechazarlo a él. Su abuela se lo había contado.

Melody dejó lo que estaba haciendo y miró a Zeke. Por supuesto, deseaba seguir teniendo un hijo con él.

–¿Qué pasa? –Zeke estaba haciendo la cabeza del muñeco y se paró para mirarla?–. ¿Qué ocurre?

Melody forzó una sonrisa.

–Nada. Estaba pensando en lo que dirán las niñas que vimos antes cuando vean la pareja de muñecos de nieve por la mañana. Quizá deberíamos hacer dos pequeños también. Les gustará. Una familia de muñecos, como la de ellas.

Zeke entornó los ojos, un gesto que hacía cuando sabía que ella estaba mintiendo, pero como Michael estaba delante no insistió en el tema. El conserje se marchó para buscar un chocolate caliente y, después de dos horas y varias tazas de chocolate Zeke y Melody consiguieron terminar la familia de nieve.

La recepcionista se acercó para ver los muñecos y sonrió:

–Son muy bonitos –dijo ella, conteniendo un bostezo–. Sobre todo los hijos. Una pena que no duren para siempre.

Zeke sonrió.

–Gracias por proporcionarnos los accesorios –Zeke se volvió hacia Michael, que había vuelto a salir–. Espero que no lo hayamos distraído de otros quehaceres más importantes.

El conserje sonrió.

–¿Qué puede ser más importante que una familia en Navidad? ¡Aunque sea de nieve! –dijo él–. Feliz Navidad para ustedes también, señores.

Los empleados regresaron al hotel y ellos se quedaron observando su obra unos instantes.

–Ha sido muy profundo –dijo Zeke–. Creo que Michael tiene mucho fondo –la agarró del brazo–. Vamos dentro.

Melody no quería que aquello acabara. Era el día de Navidad y al día siguiente, saldría para siempre de la vida de Zeke. La ruptura tendría que ser definitiva. No podrían quedar para comer, ni cenar, como hacían parejas separadas que quedaban como buenos amigos.

Zeke era irresistible. Al menos, para ella. Estar a su lado implicaba desearlo en todos los aspectos posibles, así que, la única opción era evitar la tentación de una vez por todas. Era sencillo.

En cuanto entraron en el hotel, ella se estremeció, pero no fue tanto por el cambio de temperatura como por lo que pasaba por su cabeza. La noche terminaría pronto.

–Tienes frío –dijo Zeke con preocupación–. Hemos estado fuera demasiado tiempo. No lo he pensado. Te prepararé un baño cuando lleguemos a la suite. Tienes que entrar en calor.

–No, estoy bien –¿cómo podía decirle al hombre que amaba de todo corazón que iba a marcharse? Quizá lo mejor era no decírselo. Quizá lo mejor era desaparecer cuando tuviera la oportunidad. Eso evitaría el trauma de una despedida definitiva.

«Cobarde». Oyó que la acusaba una vocecita y no podía discutirlo. Era una cobarde. Si no lo fuera, aceptaría el reto de quedarse para ver qué sucedía.

Llegaron al ascensor y en cuanto se cerraron las puertas, Zeke la abrazó por la cintura.

–Ambos estamos helados –murmuró–. ¿Qué tal si nos damos una ducha junto, como en los viejos tiempos?

Melody notó que su corazón se detenía un instante y que después latía de forma acelerada, pero entretanto vio una cosa clara. No podía ocultarlo más. Tenía que suceder para que él pudiera aceptar lo que ella había intentado decirle. Zeke debía verla tal y como era. Con cicatrices y todo. Ella había tenido la idea romántica de separarse de él dejándolo con la imagen de quien había sido, pero Zeke nunca permitiría que se marchara si no se desnudaba del todo. Literalmente. Aquello era necesario, fundamental. «Por favor, solo pido no tener que ver su cara cuando me mire», pensó en silencio. Creía que no sería capaz de soportarlo.

Ella inclinó la cabeza y apoyó la frente sobre su chaqueta mojada.

–¿En tu habitación o en la mía? –susurró.

–Tú eliges –dijo él, abrazándola con fuerza.

–En la tuya –de ese modo podría marcharse a su dormitorio cuando quisiera. Una escapatoria.

Zeke la besó de forma apasionada y cuando se abrieron las puertas del ascensor y entraron en el salón le dijo.

–Vamos a quitarte la ropa mojada –dijo él, y la ayudó a quitarse el abrigo, el gorro, la bufanda y los guantes antes de quitarse su ropa. Después, la agarró de la mano y la guio hasta su habitación sin hablar.

Una vez allí, se dirigió al baño y abrió el agua de la ducha. Cuando regresó a la habitación Melody estaba de pie en el mismo sitio donde la había dejado, con las piernas paralizadas por el miedo y la vergüenza que le generaba la idea de desnudarse.

—Ahora vamos a ocuparnos de que entres en calor —Zeke se desnudó delante de ella y regresó al baño—. Ven conmigo cuando estés preparada. Me aseguraré de que el agua no esté demasiado caliente.

Ella permaneció quieta durante un momento y después comenzó a desnudarse rápidamente. La habitación estaba iluminada únicamente por una lamparilla, pero el baño tenía más luz.

«Adelante. Hazlo», se dijo, antes de dirigirse a la ducha.

Zeke estaba de espaldas a ella y había mucho vapor. Cuando ella entró en la ducha, él se volvió y la abrazó.

—Aclimátate unos instantes —le dijo mientras le masajeaba la espalda—. Pronto te calentarás, lo prometo. Estás helada.

Zeke agarró la botella de gel y se puso un poco en la mano antes de enjabonarle el cuerpo.

—¿Te gusta? —le susurró al oído.

Ella estaba tan tensa que no pudo ni contestar. Él la volvió y le enjabonó los pechos, acariciándoselos despacio para excitarla. Al instante, los pezones se le pusieron turgentes y ella tuvo que morderse el labio inferior para no gemir.

—Eres deliciosa —murmuró Zeke, besándola en los párpados, la nariz y los labios—. ¿Has entrado en calor?

Melody asintió. No pudo evitar recordar las veces que se habían duchado juntos... Una época de amor y diversión.

Mirándola a los ojos, Zeke le acarició el vientre y

el trasero, atrayéndola hacia su miembro erecto con sensualidad. Ella sabía que él debía de haber notado las cicatrices en la base de su espalda, pero él no se detuvo antes de deslizar los dedos hasta su entrepierna.

Melody comenzó a relajarse, el agua caliente y las caricias de Zeke le proporcionaban tanto placer que calmaban el temor que sentía. Las peores cicatrices las tenía en los muslos, y tal y como estaban él no podría verlas. Eso era lo importante. Ya llegaría el momento.

Ella agarró la botella de gel y susurró:

—Es mi turno —dijo deseando acariciar su cuerpo desnudo.

—Por supuesto —dijo él, con la respiración acelerada y su miembro erecto.

Melody comenzó a enjabonarle su torso musculoso y continuó acariciándole los pezones despacio, disfrutando del tacto de su piel. Cuando deslizó las manos más abajo, él tensó los músculos del vientre. Encontró su miembro y lo rodeó con los dedos.

—Cielos, Dee —murmuró él.

—No he terminado —protestó ella, deseándolo tanto como él la deseaba a ella.

—Cariño, te agradezco que creas que soy muy bueno manteniendo el control, pero créeme, conozco mis limitaciones.

Zeke habló con voz temblorosa, estiró el brazo y cerró el grifo. Agarró dos toallas del toallero y cubrió a Melody con una de ellas antes de enrollarse la otra a la cintura.

La guio hasta el dormitorio y la tomó entre sus brazos para besarla de forma apasionada. Cuando se

tumbaron en la cama, las toallas cayeron al suelo. Todavía tenían el cuerpo mojado, pero nada importaba
aparte de la necesidad de saciar el intenso deseo que
los invadía.

Zeke la acarició como si no consiguiera saciarse,
y la besó en el cuello, en los senos, en los pezones y
en el vientre. Cuando la penetró, sus cuerpos empe-
zaron a moverse al mismo ritmo hasta que con el último empujón Zeke consiguió que ambos alcanzaran
el éxtasis y experimentaran un intenso placer. Melody se abrazó a él con fuerza, consciente de que sería la última vez que estarían así y deseando que no
terminara.

—Te quiero —él se movió una pizca y, sin dejar de
abrazarla, la colocó a su lado y estiró del edredón
para cubrir sus cuerpos.

—Yo también te quiero —dijo ella con sinceridad,
pero sabiendo que iba a perderlo—. Mucho. Recuérdalo siempre.

Zeke se quedó dormido enseguida, pero Melody,
aunque estaba agotada, no consiguió dormirse. Permaneció entre sus brazos, disfrutando de su cercanía
mientras sus pensamientos la torturaban. Habían hecho el amor por segunda vez y él todavía no había
visto lo que el camión le había hecho al cuerpo que
él tanto había adorado. Ella había pensado que ya había llegado el momento, y aunque se había sentido
aterrorizada, también se había sentido aliviada. Sin
embargo, había tenido una segunda tregua. Melody
se estremeció y, entre sueños, Zeke la abrazó con
más fuerza. Al cabo de un rato, ella consiguió liberarse de sus brazos y salió de la cama. En la habitación del hotel hacía calor y ya casi se le había secado

el cabello del todo, pero Melody se estremeció de nuevo.

En silencio, se dirigió a su dormitorio después de recoger su ropa. Una vez allí se puso unos pantalones y un top, se cepilló el cabello y se hizo una coleta. Después, se acercó para mirar por la ventana.

Eran las cinco de la mañana del día de Navidad. Poco tiempo después los niños de todo el país se despertarían para ver lo que les había dejado Papá Noel y las familias se reunirían para comer. Las madres cocinarían y los padres servirían los aperitivos y las bebidas. Después llegarían los abuelos con un regalo súper especial y los niños creerían que Papá Noel se había olvidado de dejárselo.

Era un día de ajetreo y diversión, de comer y beber en exceso, de jugar y ver la televisión. Sin embargo, ella nunca lo había experimentado. Su abuela había sido de la vieja escuela. En un calcetín colgado de la chimenea Melody encontraba una naranja, un poco de dinero y un juguete pequeño. Por lo demás, el día de Navidad era un día normal, excepto porque tomaban pavo para comer y pastel de Navidad de postre. Pasaban el día solas, y aunque su abuela debía de recibir tarjetas de felicitación, ella no recordaba haber visto ninguna. Por supuesto no ponían árbol ni decoraciones. Después de que su abuela muriera, alguna amiga la había invitado a su casa a pasar el día de Navidad, y Melody se había quedado sorprendida por la emoción con la que aquellas familias vivían ese día. Para ella había sido una revelación acerca de cómo podía ser el día de Navidad.

«¿Y por qué estoy pensando en todo esto?», se preguntó mientras miraba lo tejados nevados de los edificios. El pasado era pasado y no servía de nada recrearse en él. Su abuela lo había hecho lo mejor posible y ella siempre había sabido que la quería a su manera. Había sido afortunada en comparación con otras personas. O con Zeke, por ejemplo.

Se movió inquieta, consciente de por qué sus pensamientos habían ido por esos derroteros. En el fondo siempre había sabido que Zeke era su oportunidad de experimentar lo que otra gente consideraba vida familiar normal. Una parte de ella había confiado en que ellos pudieran crear un pequeño mundo dentro del mundo real, un lugar donde sus hijos pudieran nacer siendo queridos y estando protegidos, donde pudieran recibir todo aquello que ambos habían echado de menos durante su infancia. Ella había confiado en ello, pero nunca había estado convencida.

«Y nunca pensé que fuera lo bastante buena para él». Así que nunca se había comprometido realmente, y siempre había intentado aproximarse a la inalcanzable perfección, y aunque él se hubiera casado con ella y la quisiera ella nunca se había considerado la persona más adecuada para él.

Quizá si hubiese conocido a su padre o a su madre habría sido diferente. Siempre había sentido que le faltaba saber muchas cosas del pasado, y su abuela nunca estaba dispuesta a hablar de ello. Incluso la referencia más pequeña acerca del pasado provocaba tanto dolor y sufrimiento a su abuela que ella nunca se había atrevido a insistir más en ello. Así que se había criado con montones de dudas y sin ninguna respuesta acerca de las personas que le habían dado la vida.

Melody cerró los ojos, se abrazó y negó con la cabeza. Nada de eso era relevante para enfrentarse a lo que había decidido hacer. Era una mujer adulta de veintisiete años y tenía que continuar con su vida. Debía separarse de Zeke y marcharse a un lugar lejano, conseguir un trabajo y labrarse un futuro. Se había repetido lo mismo miles de veces durante los tres meses anteriores.

No podía cambiar de opinión. Abrió los ojos y comenzó a pasear por la habitación. No se atrevía a imaginar nada diferente, porque no sabía qué le depararía la vida. De otro modo, sabía qué era a lo que se arriesgaba y sentía cierta tranquilidad con ello. Sobreviviría.

De pronto, sintió como si las paredes de la habitación se cerraran sobre ella. Siempre había odiado los espacios pequeños. Esa había sido parte de la pesadilla de estar en el hospital, la sensación de estar atrapada. Necesitaba salir a dar un paseo. Era la única manera de la que podría pensar.

No dudó ni un instante. Sacó un par de calcetines de la maleta y se dirigió al salón, se puso el abrigo, el gorro y la bufanda y después las botas. Se dejó los guantes. Estaban tan empapados que decidió que iría mejor sin ellos.

Guardó la llave de la suite en el bolso y abrió la puerta para dirigirse hacia el ascensor. Cuando llegó a la recepción, su corazón latía acelerado. No sabía qué iba a decirle a Michael o a la recepcionista, pero, por suerte, Michael no estaba por ningún sitio y la recepcionista estaba hablando por teléfono. Se apresuró para salir del hotel y suspiró aliviada en cuanto pisó la calle.

Hacía un frío terrible, pero Melody continuó caminando. La nieve estaba amontonada a ambos lados de la acera, así que había un paso en el medio y no tuvo problemas para llegar a la calle principal. La ciudad ya había despertado y había algunos coches circulando y alguna que otra persona por la calle.

Melody no sabía a dónde se dirigía, y a pesar de todo estaba un poco emocionada. Era la primera vez que salía sola desde el accidente y la sensación de independencia era intensa. Sentaba bien formar parte de la raza humana otra vez.

Aunque todavía estaba oscuro, las farolas y el reflejo de la nieve iluminaban los alrededores. Hacía un frío helador, pero ella continuó caminando y preguntándose por qué no se sentía cansada.

A pesar de que había salido para pensar sobre su relación con Zeke y sobre lo que iba a hacer, no estaba pensando nada. Simplemente disfrutaba del aire frío, y del hecho de estar viva. No había muerto bajo las ruedas de un camión y tampoco se había quedado condenada a una silla de ruedas. Era afortunada. Zeke tenía razón, y el doctor Price también. Estaba mucho mejor que otros pacientes del hospital.

Media hora más tarde se percató de que necesitaba sentarse. Caminar sobre la nieve era muy cansado. El doctor Price le había aconsejado que no hiciera muchos esfuerzos al principio y era evidente que sabía de qué hablaba.

Melody retiró la nieve de un banco y se sentó mirando a Hyde Park. Pasó una pareja abrazada y, al ver a Melody, la chica dijo:

–¡Feliz Navidad! –y se rieron cuando se resbalaron en la nieve.

Era posible que todavía no hubieran regresado a casa después de una fiesta.

Antes de conocer a Zeke, Melody no había asistido a muchas fiestas. Su abuela consideraba que era una frivolidad y ella había preferido quedarse practicando sus pasos de danza.

«No era exactamente así», pensó Melody frunciendo el ceño. Siempre se había sentido culpable cuando pensaba ir a fiestas o reuniones. Sabía que su abuela había hecho grandes sacrificios para poder pagarle la carrera de danza. Y si a eso le añadía que siempre se había sentido como pez fuera del agua, y trataba de esconderse en algún lugar, era normal que no la invitaran a demasiados eventos.

Después, Zeke había aparecido en su vida, volviéndola patas arriba y retando toda las reglas con las que ella había vivido. El pánico se apoderó de ella, pero Melody no estaba segura de si era por la idea de abandonar a Zeke o por no haber aprovechado las últimas horas en las que todavía podía tocarlo y acariciarlo. ¿Por qué estaba sentada en un banco de la calle cuando podía estar entre sus brazos?

Permaneció en el banco y esperó a que el pánico se le pasara. Estaba allí porque necesitaba pensar. Desde el accidente no había hecho más que pensar, pero no con frialdad.

Desde hacía mucho tiempo, bailar había sido lo más importante de su vida. Nunca había intentado hacer otra cosa, y estaba segura de que si probaba también podría hacerlo bien. Quizá ya no pudiera bailar nunca más, pero podría enseñar. En el fondo siempre había imaginado que algún día terminaría dando clases, pero nunca había pensado que fuera tan pronto y, menos aún porque no le quedara más remedio. ¿Y por qué no aceptarlo? El accidente había ocurrido. Fin de la historia.

¿Y Zeke? ¿Podría encajar en su nueva vida? Era como si otra parte de sí misma estuviera obligándola a enfrentarse al verdadero problema.

Una cosa era decidir que el matrimonio había terminado mientras estaba ingresada en el hospital, donde toda su vida estaba controlada y regida por horarios estrictos y otra cuando Zeke estaba a su lado. El baile había sido una parte fundamental de su vida, pero Zeke había sido su mundo Desde la primera cita, ambos habían disfrutado de estar juntos más que con ninguna otra persona, y el lado íntimo de la relación había sido todo lo que ella habría podido desear. Él había sido muy cariñoso siempre y a menudo le mandaba mensajes de texto diciéndole que estaba pensando en ella o invitándola a comer después del trabajo.

Su mente se inundó de recuerdos al instante. Con Zeke haciendo el amor hasta el amanecer. Caminando a medianoche por la playa de Madeira. Zeke desnudo, preparando el desayuno. La lista era interminable y ella era incapaz de detener su pensamiento.

Amanecía un nuevo día, pero Melody estaba anclada en el pasado y, a pesar de que había tenido pensamientos valientes para el futuro, no encontraba la manera de encajar a Zeke en él. Sus vidas siempre habían estado en el candelero y, debido a quién era él debía seguir en el mismo lugar. Sin embargo, en ella había cambiado algo fundamental.

¿Podrían funcionar como pareja, con Zeke viviendo su vida y ella con una completamente diferente? ¿Separados tanto en el trabajo como en la vida social?

No lo creía. Estaba convencida de que sería un desastre.

Y así continuó sentada bajo el cielo blanco, como una figura solitaria acurrucada en un banco.

Capítulo 10

PUEDE que me equivoque, pero algo me dice que te sentaría bien una taza de té, cariño. Parece que estás helada.

Melody se volvió y vio una mujer menuda y rellenita sentada a su lado con un perrito a sus pies.

–¿Disculpe? –murmuró.

–He pasado por aquí hace un rato, ya que Billy tiene que salir todos los días aunque sea Navidad, y te he visto aquí sentada. Hace mucho frío para estar tanto tiempo sentada, ¿no crees? –la miró fijamente–. ¿Estás bien? Pareces cansada.

Melody trató de recuperar la compostura. Después de volver a la realidad, se había percatado de que estaba helada.

–Estoy bien, gracias –dijo tiritando.

–Siempre me tomo una taza de té al regresar a casa, y vivo justo ahí enfrente. ¿Por qué no vienes y entras un poco en calor antes de marcharte a casa?

–No... No, gracias –Melody forzó una sonrisa y se puso en pie, descubriendo que estaba tiesa como una tabla–. Eres muy amable, pero estoy perfectamente bien. Solo estaba descansando un poco.

–Lo siento, pero no parece que estés muy bien. Estás pálida como la nieve. Mira, me llamo Mabel, y no tengo nada que hacer hasta que venga mi hijo a recogernos para ir a comer a su casa. Tengo que matar el tiempo durante un par de horas y, si te digo la verdad, me vendría bien un poco de compañía. Normalmente no me importa estar sola, y Billy es muy buena compañía, pero el día de Navidad es diferente ¿verdad? Echo de menos a Arthur. Murió hace un par de años y todavía no me he acostumbrado. Llevábamos cincuenta años casados y habíamos sido novios desde pequeños. Eso todavía ocurría en mis tiempos, no como ahora.

Melody se humedeció los labios y, estaba a punto de rechazar la invitación de Mabel cunado vio la expresión de su mirada. La soledad que reflejaban sus ojos conectó con algo en su interior y, de pronto, comenzó a decir:

—Si no es molestia, me encantaría tomar una taza de té. No me había dado cuenta del frío que tengo.

—Está bien, cariño —Mabel se puso en pie y estiró de la correa del perro—. No hay nada como una taza de té para solucionar las cosas, eso es lo que siempre digo. *La taza que anima*, como solía decir mi querido Arthur.

La cocina de la casa de Mabel estaba llena de fotos de la familia. También había una chimenea con una tetera de agua caliente, dos mecedoras y una mesa con cuatro sillas. El ambiente era de tranquilidad y muy acogedor, y Melody se sentía como en casa.

—Siéntate, querida —Mabel señaló una de las mecedoras.

—Gracias —Melody se sentó, preguntándose cómo había terminado en casa de una desconocida el día de Navidad, mientras Zeke estaba durmiendo en la suite del hotel. Al menos, esperaba que estuviera durmiendo. Si no lo estaba, era demasiado tarde para preocuparse. Ella estaba en casa de Mabel.

–Aquí tienes –Mabel le pasó una taza de té y un pedazo de bizcocho casero–. Ahora, si no te importa que te pregunte, ¿qué hace una chica como tú sentada sola en un banco, el día de Navidad, con cara de preocupación?

Melody sonrió. Nadie acusaría a Mabel de no ir al grano. Bebió un poco de té y dijo:

–No sé qué hacer. O qué camino tomar.

Mabel se sentó en la otra mecedora y sonrió.

–Un problema compartido se reduce a la mitad, eso es lo que siempre digo. ¿Por qué no me lo cuentas? –comió un poco de bizcocho y gesticuló para que Melody probara el suyo.

–Es una larga historia –dijo Melody.

–Entonces, más motivo para que hablemos de ello ahora mismo.

Una hora y varias tazas de té más tarde, Melody se preguntaba cómo diablos había podido contarle su vida entera a una desconocida. No solo eso, sino que se sentía más relajada en casa de Mabel de lo que se había sentido en años.

Mabel no la interrumpió mientras ella le hablaba sobre su infancia, su adolescencia, de cuando conoció a Zeke y del trauma del accidente. Simplemente la había escuchado.

–Entonces... –llevaban unos diez minutos en silencio o más, y Melody estaba medio dormida cuando Mabel comenzó a hablar–. ¿Qué vas a decir cuando regreses al hotel?

Melody miró a su nueva amiga.

–No lo sé. ¿Qué debo hacer?

–No puedo decírtelo, cariño, pero eso ya lo sabes tú. Eres la única que puede tomar la decisión. Solo tú sabes cómo te sientes.

Decepcionada, Melody se enderezó en la silla.

–No puedo quedarme con Zeke –dijo, mientras el dolor la corroía por dentro.

–¿No puedes o no lo harás? Hay una diferencia. Arthur y yo perdimos cinco bebés antes de tener a nuestro hijo. Después del quinto, yo dije que no podría pasar por ello otra vez. Arthur no discutió conmigo, ni siquiera cuando decidí que no podía quedarme aquí, en esta casa, con todos los recuerdos que evocaba. Yo quería comenzar de nuevo en un lugar lejano. Australia quizá. Allí tenía un hermano que había emigrado y le iba bastante bien. O Nueva Zelanda, quizá. En cualquier otro lugar menos este, con la habitación de arriba preparada para un bebé y con una cuna vacía durante años.

Melody escuchaba atentamente cada una de sus palabras.

–Así que empecé a hacer planes. Arthur era ingeniero y muy bueno en su sector, así que, habría encontrado trabajo en cualquier sitio. Mi hermano me envió información sobre algunas casas cercanas a donde él vivía, y un colega de Arthur nos había dicho que si algún día vendíamos nuestra casa él nos la compraría, o sea que ni siquiera teníamos problemas para venderla. Le dijimos el precio y a él le pareció bien. Arthur informó de que se iba en el trabajo, y todo estaba preparado para marcharnos a finales de mayo. El día veintiocho.

Incluso Arthur tenía un trabajo apalabrado en Australia, pero, de pronto, yo supe que algo no estaba bien. Yo quería irme, necesitaba irme, pero no lo sentía dentro de mí. Aquí –Mabel puso la mano sobre el corazón–. Estaba huyendo. Lo sabía, pero no quería admitirlo. Y tenía buenos motivos para querer un nuevo comienzo. Sentía que si me quedaba no podría soportar el futuro. Hacerme esperanzas y decepcionarme de nuevo cuando mi cuerpo me fallara otra vez.

Mabel se inclinó hacia delante y agarró la mano de Melody.

–Me sentía fracasada. Cada vez que ocurría sentía que había decepcionado a Arthur y que estaba afectando a nuestro matrimonio. Yo ya no era la chica con la que se había casado, ambos lo sabíamos, y aunque él me decía que me quería lo mismo, y que mientras me tuviera a mí no importaba si no llegaban los hijos, yo no lo veía del mismo modo. Incluso pensé en separarme de él. Arthur tenía tres hermanos y todos tenían familia. A él le encantaban los niños y era el tío preferido. Yo pensaba que si nos separábamos podría tener hijos con otra mujer.

Mabel negó con la cabeza.

–Estaba confusa. También dolida, y por eso trataba de ser fuerte.

–Como yo –susurró Melody, y Mabel le apretó la mano–. ¿Y qué pasó? ¿Llegasteis a marcharos a Australia?

–La madre de Arthur vino a verme una mañana a finales de abril. Nada más abrirle la puerta, rompí a llorar. Se quedó conmigo todo el día y no paramos de hablar. Yo había perdido a mi madre unos años atrás, y no era de las que compartía mis problemas con nadie, mucho menos algo tan íntimo. Ese día, ella me dijo algo muy sensato y fue decisivo para que cambiara de opinión.

–¿Qué te dijo?

–Que lo único que hay que temer es al miedo en sí. Al principio me decía que yo no tenía miedo, que no era así de simple. Es sorprendente cuántos motivos se pueden encontrar para justificarse a uno mismo. Por supuesto, ella tenía razón. Yo tenía miedo del futuro, de volver a intentarlo, de fallar, de que Arthur dejara de quererme... de un montón de cosas. Y el miedo tiene la capacidad de minar cualquier cimiento, de nublar el amor y la confianza. El miedo ciega.

–Entonces te quedaste –dijo Melody–. No te marchaste.

Mabel asintió.

–No fue un lecho de flores. Tuve que trabajármelo cada día. Las preocupaciones regresaban cada noche, pero poco a poco, fui viendo la luz del túnel, y cuando me quedé embarazada de nuevo meses más tarde, me convencí de que sería diferente y así fue. Mi hijo Jack tenía unos pulmones potentes capaces de despertar a los muertos y una sonrisa tan grande como el London Bridge.

Melody sonrió.

–Me alegro por ti, de veras, pero tus circunstancias eran diferentes a las mías.

Mabel le soltó la mano, pero no dejó de mirarla mientras le decía:

–Circunstancias diferentes puede, pero la misma causa. Por lo que me has dicho, Zeke no está dispuesto a cambiar de opinión acerca de ti por unas pocas cicatrices. Ni ahora, ni nunca. Y estás huyendo igual que intenté huir yo, aunque yo pensaba marcharme un poco más lejos, al otro lado del mundo. De todos modos, da igual la distancia. El miedo no se puede escapar. Uno se lo lleva allá donde vaya. Antes, cuando hablabas, te referías a ti como una bailarina, pero no es del todo cierto, cariño. Bailar es algo que hacías, pero no resume lo que tú eres. Estás formada por muchas cosas y, al parecer, por lo que te quiere tu marido es por el conjunto. Igual que Arthur me quería a mí.

Melody la miró y sintió ganas de llorar.

—Zeke dijo algo parecido, pero yo pensé que trataba de ser un buen marido y decir lo correcto para tranquilizarme.

—No hay nada de malo en ello, y no significa que no lo pensara. Yo aprendí que lo que no te rompe te hace más fuerte, como persona y como pareja. Te lo digo porque lo he comprobado. Los jóvenes de hoy habéis crecido teniendo de todo y cuando pasa algo la mitad no sabéis cómo enfrentaros a ello. Tú no eres así, y creo que Zeke tampoco.

Melody pensó en las últimas veinticuatro horas y en las miles de maneras que Zeke le había demostrado que la quería y tuvo que secarse una lágrima de la mejilla.

—Él no ha visto el aspecto que tengo ahora —susurró—. Y hay tantas mujeres ahí fuera dispuestas a lanzarse a sus brazos.

—Ya está hablando tu miedo otra vez —Mabel le dio un golpecito en la mano—. Voy a preparar otra taza de té y un buen sándwich de beicon antes de que te vayas. Arthur y yo solíamos empezar el día así, pero desde que murió he perdido la costumbre... Y Melody... no esperes cruzar todos los puentes de un solo salto. Tendrás días buenos y días malos, pero lo superarás, igual que lo superé yo. Me da la sensación de que Zeke te necesita tanto como tú a él, ¿has pensado en ello? Todas las mujeres que dices están dispuestas a lanzarse a sus brazos estaban antes de que os conocierais, y él no se enamoró de ninguna de ellas ¿verdad? Confía en él. Ten fe. El día de Navidad es un buen día para empezar, ¿no crees?

Melody asintió, medio convencida. De pronto, se percató de que necesitaba ver a Zeke otra vez y mirarlo a los ojos cuando él le dijera que la amaba. Ni siquiera eso sería suficiente. Él debía verla tal y como era después del accidente y, entonces, ella lo sabría. Lo quería tanto que sería capaz de notar cómo se sentía con una esposa lisiada.

Miró el reloj y se sorprendió al ver cómo había pasado el tiempo. Eran las nueve en punto. Zeke estaría despierto y preguntándose dónde estaba ella. Debía regresar al hotel.

Se comió el sándwich rápidamente. Deseaba marcharse, pero no quería ofender a Mabel y, antes de salir, le dio un abrazo a la mujer.

Afuera seguía haciendo mucho frío y la ciudad ya estaba completamente despierta. Melody estaba a mitad de camino del hotel cuando vio a Zeke en la distancia. A pesar de estar tan lejos, podía ver que estaba enfadado. Furioso. Ella se detuvo con el corazón acelerado, esperando a que se acercara. Él no la había visto todavía y ella no sabía si saludarlo con la mano o no.

En el pasado siempre había tratado de no disgustarlo. Nunca le habían gustado los enfrentamientos de ningún tipo y siempre había necesitado la aprobación de los demás. Incuso a veces, para conseguirla había ocultado sus opiniones y sus deseos. De algún modo, el accidente había cambiado todo eso y ella no quería volver a ser como había sido, así que, enderezó la espalda y alzó la barbilla.

Zeke la vio enseguida y ella notó que suspiraba aliviado. Comenzó a caminar hacia él, sin saber qué pasaría cuando se encontraran. Desde luego no esperaba aquella voz inexpresiva que oyó cuando él la agarró del brazo y le dijo:

–Regresemos al hotel –Zeke acompasó su paso al de ella, pero fue la única concesión que hizo mientras se abrían paso entre las calles nevadas.

Melody lo miró de reojo y se fijó en la tensión de su boca. Estaba enfadado, pero también preocupado. Igual que habría estado ella si la situación hubiera sido al revés.

–Lo siento –le dijo–. Salí a dar un paseo para pensar. No era mi intención tardar tanto.

–Cuatro horas en total, según dijo la recepcionista que te vio salir –repuso Zeke.

Melody hizo una mueca. Habría preferido que él gritara y no que hablara con ese tono tan controlado.

–¿Y no se te ocurrió llamarme para decirme que estabas bien? –continuó él–. ¿O encender tu móvil para que pudiera contactar contigo? Pero ¿para qué? Estás inmersa en tu mundo, ¿no? Y yo simplemente soy tu marido.

Melody se mordió el labio para evitar defenderse. Él tenía derecho a estar enfadado.

–Estaba bien.

–¿Y yo cómo iba a saberlo? ¿Por telepatía? No tenía

ni idea de dónde estabas, y después me enteré de que te habías marchado hacía un par de horas. He recorrido las calles buscándote y tratando de no pensar en que el río es muy profundo y que el agua está helada.

–No pensarías... –se calló, asombrada de que él pudiera imaginarla capaz de terminar con su vida–. No te habrás imaginado...

–No sabía qué pensar, Melody.

El hecho de que la llamara por su nombre indicaba que realmente estaba enfadado, eso y la dureza de sus rasgos.

–No puedo llegar a ti ¿no? Ese es el problema –se quejó él–. Me has apartado de tu vida más de lo que habría imaginado. Ya no hay espacio para mí. No somos una pareja. Quizá nunca lo fuimos. Quizá todo lo que creía que teníamos no era más que una ilusión.

Ella no sabía qué decir. Era evidente que le había hecho mucho daño, pero si Zeke tenía poder sobre ella cuando se mostraba seguro de sí mismo y exigente, cuando se mostraba vulnerable y herido era mucho peor.

–Yo... Creía que iba a regresar antes de que despertaras –dijo ella–. Y no esperaba estar fuera tanto tiempo. Conocí a una mujer con un perro y estuvimos charlando un rato.

–¿De veras? ¿Y esa señora y su perro eran tan interesantes como para olvidarte de que tenías un marido que podía estar más que preocupado porque habías desaparecido en mitad de la noche?

–No puedo hablar contigo cuando te pones así.

–¿No puedes hablar conmigo? –soltó una carcajada–. No tienes precio ¿lo sabes? Solo tú podrías decir tal cosa.

Melody consiguió contener las lágrimas. Era una ironía que justo cuando ella empezaba a pensar que podían tener una oportunidad, él decidiera que habían terminado. No podía culparlo. Se había comportado como una loca durante los meses anteriores y no podía prometerle que ya no tenía miedo del futuro. Él no tenía por qué soportar aquello.

Cuando llegaron al hotel le dolían las piernas a causa del exceso de ejercicio, pero no pensaba quejarse. Nada más entrar en la recepción, Melody vio que la familia japonesa salía del comedor. Las niñas llevaban una muñeca en la mano y no paraban de hablar entre ellas. La madre sonrió a Melody al verla.

–Como ves, Papá Noel ha pasado por aquí esta noche –dijo ella–. Y los renos se han comido todas las zanahorias.

–¡Qué bien! –Melody se detuvo y admiró las muñecas de las niñas antes de decir–. ¿Habéis visto la familia de muñecos de nieve que ha aparecido por la noche? Creo que también la ha traído Papá Noel.

–Uy, sí, estaban encantadas –mientras el padre avanzaba con las niñas, la madre se volvió y añadió en voz baja–. Alguien ha estado muy ocupado esta noche.

Las dos mujeres intercambiaron una sonrisa antes de que Zeke y Melody se dirigieran al ascensor. Cuando se abrieron las puertas, Zeke dijo:

–¿Cómo es posible que una desconocida consiga una de tus sonrisas?

–¿Perdona? –preguntó ella sorprendida.

–No importa –apretó el botón del ascensor y miró al suelo.

–Zeke, por favor, deja que te lo explique. ¿Podemos hablar?

–Espera –la miró a los ojos–. Espera a que estemos en la habitación.

Nada más entrar en la suite, Zeke cerró la puerta y le preguntó:

–¿Hay otra persona?

–¿Qué? –ella lo miró alucinada.

–¿Has conocido a otro?

–¿Yo? Por supuesto que no. ¿Cómo iba a conocer a otra persona si he estado en el hospital durante tres meses? Solo he visto médicos y otros pacientes.

–Cosas más extrañas han sucedido.

–Pues a mí no –trató de mantener la calma y no mostrar la rabia que se apoderaba de ella–. Y me molesta que lo preguntes.

Él se relajó de pronto.

–Lo siento, pero tenía que preguntártelo. Eso habría explicado muchas cosas... Por ejemplo, por qué te has marchado esta mañana durante unas horas y tenías el teléfono apagado.

–No ha sido así –protestó ella.

–Ha sido exactamente así.

Ella vio que Zeke suspiraba y se percató de que se estaba esforzando para mantener el autocontrol. Zeke deseaba gritarle, sin embargo, respiró hondo un par de veces más.

–Lo que quería decir es que no es que no quisiera llamarte a propósito –dijo Melody–: Simplemente no lo pensé.

–Estupendo. Tengo tan poca importancia para ti que ni siquiera te acuerdas de mí.

–Deja de comportarte así. Odio cuando te pones así.

–¿Cómo? ¿Como si estuviera enfadado, dolido o

asustado? ¿Cuando me paso despierto toda la noche tratando de convertir una situación imposible en otra posible, consciente de que como te quiero eres tú quien tiene todas las cartas? Mi vida se está desintegrando. Yo me estoy volviendo loco y soy incapaz de concentrarme en nada, aparte de en nosotros, pero no debo demostrártelo, ¿no es eso? Pues lo creas o no, soy humano.

Melody sintió que se le detenía el corazón. Zeke era un magnate de los negocios y nunca permitía que nada interfiriera en su trabajo. Ella nunca había pensado en cómo le había afectado el accidente porque había estado demasiado centrada en su propio dolor y sufrimiento, pero era evidente que él estaba sufriendo tanto como ella.

Tragó saliva para deshacer el nudo que tenía en la garganta. ¿Cómo era posible que no se hubiera percatado de que él también lo estaba pasando muy mal?

Porque había estado inmersa en su propia batalla por sobrevivir. Y Mabel tenía razón. El miedo gobernaba su vida. En algún momento había permitido que se hiciera con el control y, desde entonces, influía en cada una de sus decisiones.

Le había hecho mucho daño a Zeke. Lo había apartado de su vida cuando él la necesitaba tanto como ella a él. Incluso le había prohibido que fuera a verla al hospital.

Él le había contado que por las noches se había quedado en el aparcamiento del hospital para estar cerca de ella. ¿Cómo no se había dado cuenta de que él también estaba pidiendo ayuda? ¿Cómo podía haberse equivocado tanto?

Melody lo miró. No se había afeitado. Además había perdido peso durante los últimos meses. Estaba más sexy y atractivo que nunca. Lo amaba más que a su propia vida y, sin embargo, lo había estropeado todo por culpa de su estupidez.

Respiró hondo y dijo:

–Lo siento. Lo he hecho todo mal y no me extraña que te hayas hartado de mí. O que me odies.

–¿Odiarte? ¡Te quiero! –gritó Zeke–. Te quiero tanto que me estoy volviendo loco. ¿Qué es lo que quieres de mí? Dímelo, porque me gustaría saberlo. Dímelo y haré lo que sea.

Unas horas antes ella no habría podido contestar con sinceridad, y menos cuando él la miraba con tanta intensidad.

–Quiero que sigas queriéndome porque yo te quiero y no podría vivir sin ti –nada más decirlo, el miedo se apoderó de ella.

Zeke permaneció quieto unos instantes y, después, suspiró y todo su cuerpo se relajó.

–Ven aquí –abrió los brazos–. Tenemos que hablar. Yo tengo que comprender lo que pasa, y tú has de contármelo, pero primero tengo que abrazarte para creer que estás aquí y no en el fondo del Támesis o en brazos de otro hombre.

La abrazó sin hablar durante largo rato y ella lo rodeó por la cintura. Era el momento de la verdad, porque su conversación solo podía terminar de una manera y, cuando terminaran de hacer el amor, él vería sus cicatrices. Ambos lo sabían, aunque la idea aterraba a Melody.

–De acuerdo –él se retiró una pizca y la llevó hasta el sofá–. Voy a llamar al servicio de habitaciones antes que nada. ¿Qué te apetece comer o beber?

–Nada.

Zeke descolgó el teléfono y pidió café y cruasanes para dos. Después se sentó junto a ella–. Cuéntame dónde has estado esta mañana –le pidió Zeke–. Después me contarás por qué.

–Me di un paseo y me senté en un banco. Entonces, una mujer se acercó a hablar conmigo y me invitó a una taza de té en su casa. Era muy amable...

–Entonces, se lo agradezco –comentó él.

–Me contó su vida, como había perdido varios bebés antes de tener a su hijo. El tiempo voló. No me di cuenta. Creo que ella se sentía sola.

Él asintió.

–¿Entiendo que tú también le contaste nuestros problemas?

Melody asintió.

–Esto no es una crítica, solo una observación –dijo Zeke–. Te has pasado horas hablando con una desconocida sobre tus sentimientos, pero ¿no eres capaz de compartirlos conmigo?

–No he pasado horas con ella. Dos como mucho. Y he hablado contigo acerca de todo.

–No, Dee. Me has hablado a mí. Me has dado una lista de razones de por qué crees que quedarte a mi lado es imposible y, por cierto, no me he creído ninguna. De hecho no se te ha ocurrido ninguna razón para que nos separemos porque no la hay. Desde el primer día sabíamos que íbamos a estar juntos. Te lo he dicho mil veces, pero nunca me creíste. Ni siquiera después de dos años de matrimonio.

–Deseaba que fuera verdad. De veras.

–Pero nunca lo creíste, por mucho que te dijera o hiciera.

Ella no podía negarlo.

—Supongo que por algún motivo no podía creer que alguien como tú quisiera estar con alguien como yo para siempre.

Zeke le sujetó el rostro y la miró con sus ojos negros.

—¿A qué te refieres con *alguien como yo*? Eres bella, exquisita, única... Y lo más impresionante es que eres encantadora por dentro y por fuera. La primera vez que te vi, cuando llegaste tarde a la audición, te deseé físicamente. Bailaste como si los huesos de tu cuerpo fueran líquidos, fluyendo con la música, y fue lo más erótico que había visto nunca. Después te quedaste en medio del escenario y no te dejaste intimidar ni por mí, ni por mis preguntas. Entonces, te oí hablar con las otras chicas y me enteré de que habías llegado tarde porque te había dado pena una mujer que estaba destrozada por la muerte de su gato. Esas chicas no podían comprenderlo. Ninguna de ellas habría hecho lo mismo. Yo no podía comprenderlo. Eras un enigma. Me costaba creer que fueras real.

—¿Yo?

—Tu gran corazón es algo que me deja indefenso, amor mío —murmuró Zeke—. Hace que me derrita, que quiera ser un hombre mejor de lo que soy para creer que el bien puede triunfar sobre el mal, y que Papá Noel existe de verdad y que la felicidad eterna también —sonrió—. No me mires así, ¿No sabes lo mucho que te adoro?

«No, no, no tenía ni idea».

—Por supuesto que lo sé.

—Mentirosa —dijo con cariño—. Querida, penetraste mi corazón como un cuchillo penetra en la mantequilla templada. No voy a negarte que no haya habido veces en las que me he sentido frustrado por no poder hacer lo mismo contigo, pero soy un hombre paciente.

¿Paciente? Zeke tenía muchas cualidades, pero esa no era una de ellas. Y sí le había robado el corazón. Desde siempre.

La expresión de su rostro debía de reflejar sus pensamientos porque Zeke sonrió otra vez y dijo:

–Al menos, algo paciente... Contigo –la besó en la boca, en la nariz y en la frente antes de retirarse para mirarla con detenimiento–. Ahora cuéntame por qué me prohibiste que fuera a visitarte al hospital y por qué tu abogado le ha dicho al mío que quieres el divorcio –dijo él en un tono neutral–. Y por qué, después de que hiciéramos el amor dos veces, todavía necesitabas escapar y poner distancia entre nosotros.

Capítulo 11

EL SERVICIO de habitaciones llevó el café y los cruasanes y, aunque Melody no quería comer ni beber, hizo ambas cosas para retrasar el momento de darle explicaciones a Zeke. El café era demasiado fuerte, y el cruasán no le sentó muy bien después del sándwich de beicon que había comido en casa de Mabel. Cuando terminó de comer, Zeke la miraba, esperando a que comenzara a hablar.

Melody tenía el corazón acelerado, y sabía que tenía que conseguir que él comprendiera por qué todo lo que ella había hecho desde el accidente estaba mal. Se aclaró la garganta y dijo:

–Durante las últimas semanas no he estado pensando con claridad –hizo una pausa–. Me he dado cuenta de que lo de pedirte el divorcio y todo eso ha sido porque tenía miedo de que no me quisieras, ahora que estoy desfigurada –se apresuró para continuar antes de que él dijera nada–. No es que alguna vez hayas dicho algo para hacerme pensar tal cosa. Sé que es un problema mío. Mabel, la mujer que he conocido hoy, me dijo que estaba permitiendo que el miedo gobernara mi vida, y tiene razón. Sé que lo que más aprecias es la belleza y la elegancia, en parte debido a tus orígenes y todo eso, y no hay nada de malo en ello. Y como ahora soy distinta... Y no podré volver a bailar...

–Cariño, tus piernas han sufrido una lesión grave. Sé que eso es muy difícil de asimilar, sobre todo porque bailar ha sido muy importante en tu vida, pero yo puedo ayudarte. Esto no significa que tengas que dejar de utilizar tu talento, solo tendrás que reorientarlo. Tengo un par de ideas sobre cómo hacerlo, pero eso puede esperar. Ahora lo más importante es que te convenza de que tu belleza y tu elegancia nunca han dependido de tu capacidad para el baile. Eres bella y elegante sin más. En cada palabra que dices, en tu forma de ser, en cada movimiento que haces. El camión no pudo arrebatarte esas cualidades, ¿no te das cuenta? Eres una chica dulce, generosa, incomparable... Mi amor.

A Melody se le llenaron los ojos de lágrimas y, cuando él la estrechó entre sus brazos, rompió a llorar contra su pecho.

–¿Qué has dicho? –preguntó él al oír que murmuraba algo.

Melody se esforzó para hablar, y se secó las lágrimas con el pañuelo que él le dio.

–No veo cómo puedes pensar eso de mí. Es como si estuvieras hablando de otra persona.

–Entonces, tendrás que confiar en ello hasta que pueda convencerte –dijo él–. Y lo haré aunque me cueste toda una vida. Eres mía, Dee, igual que yo soy tuyo. Eres la única persona con la que podía haber terminado y si no nos hubiéramos conocido, yo habría seguido como estaba. Contento por un lado, a gusto conmigo mismo, pero con un gran potencial para amar que habría quedado intacto. He oído decir que en el mundo hay varias personas a las que uno podría amar, pero eso no ha pasado conmigo. Tú me has salvado. Es la única manera de verlo.

Ella sonrió y se sonó la nariz antes de retirarse el cabello del rostro. Después levantó una mano temblorosa y acarició a Zeke.

–Te quiero –le dijo–. Siempre te he querido y siempre te querré. Nunca habrá nadie aparte de ti en mi vida.

Zeke le cubrió la mano con la suya y sonrió también.

–Entonces no hay nada que no podamos superar.

Ella asintió y se relajó entre sus brazos. Sin embargo, era consciente de que seguía asustada por lo que sucedería después. Odiaba sentirse así, pero no podía evitarlo.

Él la beso de forma apasionada y la tomó en brazos para llevarla a su dormitorio. Melody lo besó también. Cuando se tumbaron en la cama, él la abrazó de nuevo y continuó besándola.

Ella suspiró de placer y arqueó el cuerpo contra el de él. Zeke se separó de ella un instante para tomar aire. Le acarició el cabello y empezó a besarla otra vez, en las mejillas, los párpados, las cejas, y finalmente en la boca una vez más.

Zeke la besó durante largo rato sin dejar de acariciarla. Cubrió sus pechos con la palma de la mano, y jugueteó con sus pezones turgentes por encima de la ropa.

Melody se percató de que él se había desnudado mientras la besaba. Después, Zeke le retiró el top y el sujetador y deslizó la boca hasta sus senos para devorárselos. Melody gimió cuando él comenzó a juguetear con la lengua sobre uno de sus pezones. Al cabo de unos instantes, se ocupó de hacer lo mismo con el otro.

–Exquisitos –murmuró Zeke–. Unos pezones rosados y preciosos. Sabes a azúcar y a rosas, dulce y aromática. Quiero devorarte. No puedo saciarme de ti.

Continuó dándole placer con los labios y la lengua hasta que ella le clavó los dedos en sus hombros musculosos y murmuró algo incoherente. Le parecía imposible sentir tantas cosas a la vez, que su cuerpo pudiera albergar tantas emociones sin romperse en mil pedazos.

–Quiero besar cada centímetro de tu cuerpo –susurró él, besándola en los labios un instante.

Al ver que él le retiraba los pantalones y las bragas de encaje, ella se puso tensa. Al instante, Zeke estaba de nuevo abrazándola contra su pecho. El roce de su torso contra sus senos la hizo estremecer, pero la realidad había hecho que Melody se pusiera tensa entre sus brazos y ella no sabía cómo fingir. No se resistió a él, pero el latido de su corazón no tenía nada que ver con el deseo sexual, y sí con el pánico.

Zeke la besó una vez más antes de decirle:

–¿Dee? Mírame. Abre los ojos. Mírame, cariño.

No podía. Era ridículo, pero no podía abrirlos. Estaba atemorizada por lo que podía ver en la expresión de su rostro.

–Por favor, cariño –Zeke le acarició una ceja–. Mírame.

Despacio, ella abrió los ojos. Él estaba sonriendo. Era curioso porque nunca había imaginado esa posibilidad, pero debía haber sabido que Zeke la sorprendería.

–Lo peor ya ha pasado –dijo él–. Te has enfrentado a tus miedos y ahora continuamos adelante. No te creerás que, durante unos instantes, me has parecido más bella y deseable que nunca. Lo comprendo. Tus cicatrices no me parecen feas, cariño. Me recuerdan que soy el hombre más afortunado del mundo, porque estuve a punto de perderte y me libré de lo impensable. No podría haber vivido sin ti. Lo sé.

Melody se fijó en su rostro, en sus ojos negros, en el contorno de su boca y en la forma de su nariz. Buscó en cada uno de sus rasgos para ver si encontraba una pequeña muestra de disgusto, pero no la encontró. Era Zeke, el amor de su vida.

Ella tenía los puños cerrados contra el torso de Zeke, pero cuando él la besó de nuevo, los relajó. Él le agarró la melena y le echó la cabeza hacia atrás para besarla de forma apasionada. Con cada movimiento, ella notaba que el deseo que sentía se hacía más intenso. Lo había echado de menos. Tanto que para poder sobrevivir y no volverse loca había tenido que bloquear sus recuerdos y no pensar en él. Sin embargo, ya no había motivos para enfrentarse a la pasión, el deseo y el amor. Podía ceder ante los deseos más profundos.

Cerró los ojos, se acurrucó contra aquel cuerpo masculino y suspiró de placer mientras se dejaba llevar al paraíso.

Capítulo 12

MELODY se estiró una pizca y se acurrucó de nuevo contra el cuerpo caliente que había sido la fuente de su satisfacción. Notó que alguien la tenía abrazada por la cintura y despertó:

–Hola –dijo Zeke y la besó.

Ella lo miró a los ojos.

–Me he quedado dormida.

Él sonrió.

–Así es. Y es la primera vez que lo veo.

Melody no sabía dónde meterse. Después de meses de angustia, preocupación y sufrimiento, resultaba que se había dormido mientras Zeke le hacía el amor. No había sido su intención. Lo había acompañado durante todo el camino, o eso creía.

–Lo siento –murmuró. Recordaba que él la había besado después de desvestirla y tranquilizarla, y después...–. Debía de estar más cansada de lo que pensaba.

–Te has echado una siesta –comentó él, abrazándola con fuerza y acariciándole la espalda mientras le mordisqueaba el lóbulo de la oreja–. Y no ha sido muy larga. Estoy seguro de que el café todavía está templado en la cafetera.

No fueron a comprobarlo. Exploraron sus cuerpos una vez más, amándose con tanto deseo que no había cabida para la timidez o la contención. Zeke le acarició el cuerpo, deteniéndose sobre su trasero redondeado mientras la estrechaba contra su miembro erecto. Ni siquiera cuando movió las manos sobre la base de su columna y sobre sus muslos, ella se puso tensa. Melody colocó las manos a cada lado de su rostro y le inclinó la cabeza para besarlo de forma apasionada.

Cuando él colocó su cuerpo sobre el de ella, Melody no pudo evitar gemir de deseo. Necesitaba sentirlo en su interior, experimentar la sensación de cercanía, de unidad.

Zeke la penetró con un solo movimiento y Melody tensó la musculatura para atraparlo en su interior. Enseguida acompasaron el ritmo de sus movimientos y, con cada uno de ellos, Melody sintió que estaban reafirmando los votos que habían pronunciado dos años atrás, pero con un significado especial. Entonces, estaban locamente enamorados y embriagados por la novedad de los sentimientos que experimentaban. Dos años después, habían superado una gran crisis y, por ello, su unión era más intensa y apasionada. Era como si sus almas se fusionaran y ambos cuerpos se atrajeran por igual.

Cuando llegaron al éxtasis, comenzaron a sacudirse con fuerza distanciándose por completo de la realidad. De todas las veces que habían llegado juntos al orgasmo, ninguna había sido tan intensa y ella sabía que Zeke también se había dado cuenta. Con el cuerpo tembloroso, él la abrazó con fuerza para mantenerla unida a él durante un rato más.

–Te quiero –dijo él en tono sensual–. Más que a la vida misma.

–Yo también te quiero –susurró ella.

Zeke la miró fijamente a los ojos y la besó en la punta de la nariz.

–Eres adictiva, ¿lo sabías? Antes de recogerte del hospital me prometí que iría despacio, que permanecería a tu lado, sin presionarte, sin estresarte, respetando tu ritmo. Y ahora, en unas pocas horas, te he hecho el amor tres veces. Mi única excusa es que durante los tres últimos meses he estado despierto cada noche, en nuestra cama, deseando que estuvieras conmigo, recordando cómo era cuando te tenía a mi lado, volviéndome loco.

Se retiró de su interior, pero la rodeó con los brazos y susurró:

–No puedo creer que ahora estés aquí. Antes, cuando desperté y no estabas...

Ella le sujetó el rostro y lo besó con fuerza.

–Lo siento –le dijo–. No volveré a hacerlo. Lo prometo. Ya estoy aquí.

Zeke la besó también, acariciándola mientras la estrechaba contra su cuerpo.

–¿En mente y cuerpo? –le preguntó–. Y no mientas para hacerme sentir bien. Necesito saber cómo te sientes si vamos a superar esto.

Como respuesta, ella arqueó el cuerpo contra el suyo.

–Estoy aquí –repitió con firmeza, y le acarició la espalda antes de pasar a su vientre y recorrer la línea de vello que llegaba hasta su miembro, provocando que él se excitara. Después, lo rodeó con la mano y sonrió.

–¿Te apetece empezar otra vez para llegar a la cuarta vez que hacemos el amor? –murmuró, y lo besó en la boca con delicadeza.

Esa vez se amaron lentamente y, cuando regresaron de un mundo lleno de sensaciones íntimas, Melody permaneció entre los brazos de su marido con el cuerpo completamente relajado, mientras Zeke estiraba el edredón sobre ellos. Los eventos de las últimas veinticuatro horas y, por supuesto, las semanas de angustia y ansiedad de antes de Navidad le estaban pasando factura, pero ella no quería quedarse dormida otra vez. Necesitaba estar con Zeke, sentirlo, mirarlo, acariciarlo. Se sentía como si hubiese regresado a casa de un viaje largo y peligroso.

–¿Dijiste que tenías algunas ideas acerca de lo que podría hacer en un futuro? –murmuró–. ¿Y cuáles son?

Zeke la sujetó por el trasero y la estrechó contra su cuerpo antes de besarla durante largo rato. Cuando se separó, le dijo:

–Las tengo. ¿Qué te parece si voy por algo de beber y hablamos? Ha vino en la nevera.

Ella sonrió.

–¿No es un poco pronto para tomar vino? Ni siquiera es la hora de comer.

–Para nada. Es Navidad. Las normas de siempre no se aplican. Además, te abrirá el apetito para la hora de comer... Y por cierto, sugiero que comamos en la cama. De hecho, no veo ningún motivo para levantarnos en todo el día, ¿y tú?

–Ninguno –admitió ella.

El vino estaba helado y delicioso. Zeke había llevado la botella y dos copas a la cama, junto con el resto de regalos que había bajo el árbol del salón. Ella abrió los regalos entre sus brazos. Un reloj de oro, un camisón de seda y un picardías, su perfume favorito y otros regalos, todos ellos elegidos con amor, pero lo que no podía dejar de mirar era la alianza que llevaba entre el anillo de compromiso y el anillo de boda. La alianza era preciosa, pero lo que realmente era precioso era el significado que tenía. Él se la había regalado cuando ella lo había rechazado, porque la amaba y estaba decidido a amarla de por vida. Y así era.

—Antes de que te hable sobre mis sugerencias de futuro, ¿puedo decirte que están pensadas para que podamos conciliarlas con la crianza de nuestros hijos? –preguntó Zeke.

Los hijos de Zeke. Melody no podía creer que pudiera suceder. Ella sonrió radiante.

—Puede que ocurra antes de lo que tú crees –repuso ella–. Hemos hecho el amor cuatro veces en medio de mi ciclo y llevo sin tomarme la pastilla anticonceptiva desde que entré en el hospital, así que...

—¿No te importaría? –preguntó él.

—¿Y a ti?

—No puedo esperar a verte embarazada –dijo él–. Y encajaría muy bien con ciertos cambios que he hecho en mi vida en los últimos tiempos –sonrió al ver que ella fruncía el ceño y la besó.

Rellenó las copas de vino y dijo:

—Un brindis por el nuevo propietario de Media Enterprises... David Ellington.

Ella lo miró asombrada.

—¿Has vendido la empresa? –David Ellington era otro magnate multimillonario.

—Dicho y hecho –dijo él, y bebió un sorbo de vino–. Debería haber estado contigo el día del accidente en lugar de estar por ahí tratando de resolver una maldita crisis. Fue un toque de atención para que reaccionara. Eso sí, aterrador. La noche del accidente prometí que si sobrevivías reconsideraría lo que realmente era importante en mi vida. Y eso hice. No me costó mucho pensarlo.

Melody estaba horrorizada. Zeke había trabajado mucho para construir su imperio poco a poco y ella sabía que él se sentía muy orgulloso de lo que había conseguido.

–No deberías haber hecho eso –susurró–. ¿No puedes cambiar de opinión?

–Demasiado tarde –sonrió–, y es exactamente lo que tenía que hacer. Ayer mismo me lo confirmaste. Me dijiste que tendrías que crearte una nueva vida para separarte del mundo del espectáculo en el que trabajábamos, un mundo en el que las fiestas y otros eventos nos roban mucho tiempo. Yo también había llegado a la misma conclusión. Habría ocurrido tarde o temprano una vez que hubiéramos decidido formar una familia. El accidente simplemente aceleró las cosas. Tenías razón cuando dijiste que había demasiada gente que quería algo de mí, pero te equivocaste en lo de que solo eras otra de ellas. Eso nunca ha sido verdad, aunque tú lo percibieras de esa manera. Ayer me pareció que no era el momento de contarte que había vendido la empresa, teníamos que solucionar otras cosas primero. Sin embargo, cuando te dije que podría marcharme sin arrepentirme o mirar atrás era porque lo había hecho. Mi mundo nunca fue el negocio o los contactos que tenía gracias a él. Y menos después de conocerte. Tú eres mi mundo, Dee. Hemos hablado de formar una familia, pero si los hijos no llegan por algún motivo, seguiré considerándome afortunado entre los hombres. Eres mi sol, mi luna y mis estrellas. El centro de mi universo.

Zeke le acarició el rostro con un dedo, recorriendo sus mejillas y el contorno de sus labios.

—Me alegro de haberla vendido, Dee. De veras. Fue una etapa de mi vida que disfruté mucho, pero quería avanzar contigo a mi lado. También nos ha dado mucho dinero —añadió—. Más que suficiente como para poder hacer lo que queramos durante el resto de nuestras vidas.

Ella no podía creer que hubiera vendido su imperio. Si él le hubiera dicho que estaba pensando en vender, ella habría creído que no hablaba en serio. ¿Era por eso por lo que él había vendido antes de contarle sus planes? Melody se habría sentido culpable, creyendo que solo lo hacía por ella, y habría tratado de convencerlo de que podían continuar como estaban. ¿Quizá él la conocía mejor que ella a sí misma?

—Gracias —murmuró ella.

De pronto, se sintió como si le hubiera quitado un gran peso de encima. Ya no tendría que ir a más estrenos, ni a más eventos sociales.

—¿Y qué vas a hacer? —preguntó ella, sin saber si quería reír o llorar. Zeke no era el tipo de hombre que podía quedarse sentado sin hacer nada.

—Mi trabajo principal será ser un buen esposo y padre. Aparte, tengo un par de ideas que podrían combinarse con el programa de recuperación que los doctores te han preparado y que consistirá en un día de trabajo a la semana durante algún tiempo, con la posibilidad de alcanzar la movilidad completa dentro de seis meses o así. Hay un médico suizo que se especializa en tu tipo de lesiones, no hay nadie mejor que él, ni siquiera en los Estados Unidos, y él confía en que a estas alturas del año que viene podrás caminar con normalidad.

Ella se incorporó sobre un codo y lo besó. Saber que él estaba dispuesto a luchar a su lado significaba mucho para ella, y hacía que no le importara tanto si no conseguía recuperar todo lo que había perdido.

Zeke la besó también y, cuando se separaron dijo:

—La primera idea es que podemos abrir una escuela de teatro para jóvenes sin recursos. Con niños de nueve años para arriba. Tendríamos que contratar profesores para las asignaturas normales, para las clases de teatro y las de baile. Los que quisieran podrán estar en régimen de internado. También podríamos acoger a niños de familias desestructuradas. Todos tendrán que tener afición por el baile, el canto o el teatro, pero una vez que estén con nosotros podrán quedarse hasta que elijan marcharse. Y la casa no solo será un centro institucional, sino una casa donde reciban apoyo incondicional y se sientan seguros.

El tipo de sitio en el que él habría deseado estar cuando era un chico problemático y se sentía perdido. Melody tragó saliva para deshacer el nudo que sentía en la garganta.

—Por supuesto, tú estarás a cargo de la parte artística, de contratar a los profesores de teatro y todo eso... Y pensé que a ti te gustaría impartir las clases de baile. Necesitaremos un terreno grande para hacer una piscina, una pista de tenis, y una casa para nosotros, separada del edificio de la escuela será fundamental. No tengo ni idea de cómo hay que hacer todo eso, pero conozco gente que podría hacerlo si alguien lo financia.

–¿Y podríamos permitírnoslo? –preguntó ella.

Zeke sonrió.

–Muchas veces, cariño –le acercó la copa de vino a sus labios y él bebió un sorbo de la suya antes de continuar–. Por supuesto, hay otras opciones. A lo mejor prefieres que viajemos durante un par de años cuando terminemos el tratamiento. Un viaje por el mundo, quedándonos allí donde nos guste el tiempo que queramos. ¿O podíamos montar nuestro propio teatro? ¿Algo así? ¿O podrías dirigir una escuela de baile tradicional?

–¿Tú no crees que lo de la escuela de teatro no sería algo demasiado ambicioso para hacerlo bien?

–Sin duda. La parte del baile incluiría coreografía, gestión, historia de la danza, estética, producción, acompañamiento y composición musical, y eso sin la parte del teatro. Representación, dirección, aspectos técnicos, redacción de guiones, todo eso será necesario.

Melody lo miró maravillada.

–Has pensado en ello de verdad, ¿no?

Zeke asintió.

–Sería un cambió de vida total, Dee. Y si lo hacemos bien podríamos combinarlo con la vida familiar. Podríamos permitirnos tener a la mejor gente para los niños de la escuela, y pensé que...

Se calló de pronto y ella vio que tensaba el mentón.

–¿Qué?

–Que podríamos conseguir que sus vidas cambiaran. Sé que no para todos los niños, pero merecerá la pena si alguno encuentra una vocación para el futuro. Solo es una idea.

Melody ocultó el rostro contra su cuello, abrumada por el giro que habían dado sus vidas. Aquella idea era perfecta, y solo Zeke podía haber pensado en ella.

–¿Dee? No hace falta que digas nada hasta que hayas pensado en ello. Es un tema importante...

Melody lo abrazó por la cintura y lo interrumpió diciendo:

–Te quiero, te quiero... Y no se me ocurre nada mejor. Piénsalo Zeke. Niños que no tienen nada encontrando un lugar donde valoren el don que tienen. ¿De veras crees que podríamos darle un hogar y esperanzas de futuro?

–Por supuesto –contesto él, y ella supo que podrían conseguirlo.

Melody lo besó en los labios. No solía ser ella la que daba el primer paso y él reaccionó inmediatamente y la abrazó para besarla de forma apasionada. Se besaron durante largo rato, dedicándose palabras de amor.

–Podría hacer cualquier cosa si estás a mi lado. Sin ti, no soy nadie. No me dejes nunca sin decirme adiós, como esta mañana. Pensé que te había perdido. Te necesito, cariño. No te imaginas cuánto.

–Creo que sí, porque yo te necesito tanto como tú a mí –susurró ella–. He sido tan miserable. No solo por el accidente y por el hecho de que no podré volver a bailar, sino porque pensaba que tenía que dejarte marchar. Eres mi mundo, Zeke. Mi existencia.

Él soltó una carcajada.

–¿Así que los dos hemos estado destrozados porque nos queríamos?

–Quizá no seamos los más listos del mundo –admitió ella. Un sentimiento de felicidad la invadió por dentro.

Podía confiar en Zeke. Había perdido semanas de su vida permitiendo que fuera el miedo quien gobernara, pero ya nunca sería así. Había sido una locura imaginar que Zeke podría fijarse en otra mujer o marcharse de su lado. Él no era como su padre, ni como su abuelo. Era único, y solo para ella. Su esposo, su amor, su vida.

Se abrazaron en silencio durante largo rato y Melody añadió después.

—Tengo reservada la habitación de hotel para unos cuantos días. ¿Podríamos pasarlos en la cama? ¿Y comer y cenar aquí?

Ella sabía que él estaba sonriendo, lo notó en su voz cuando dijo:

—Por supuesto —le acarició la espalda—. Tenemos que recuperar mucho tiempo perdido y no se me ocurre un lugar mejor para hacerlo. Además, lo que necesitas es eso, muchas horas de sueño, mucho ejercicio del bueno, comida y bebida. Es nuestro momento. Nadie sabe dónde estamos, no sonará el teléfono y tengo el móvil apagado. Y excepto el servicio de habitaciones, nadie llamará a la puerta.

—Mmm, el paraíso en la tierra.

Melody cerró los ojos y notó que estaba a punto de quedarse dormida. Zeke respiraba de forma relajada y ella supo que se había quedado dormido, pero con una mano sobre su cintura y con la otra enredada en su cabello como si necesitara saber que ella estaba segura incluso cuando él dormía.

Melody pensó en la familia de nieve del patio y sonrió. La noche anterior había sido mágica, pero les quedaba toda una vida por delante. Las noches las pasarían abrazados, y los días trabajando para conseguir que niños sin recursos recuperaran la esperanza, niños que sufrían lo mismo que había sufrido Zeke. Era un nuevo capítulo, un nuevo comienzo, y cuando tuvieran hijos, los querrían mucho, al contrario de lo que les había sucedido a ellos. Sus hijos crecerían fuertes y seguros con unos padres que se amaban, Zeke y ella se asegurarían de ello.

Zeke se movió un momento y la abrazó mientras murmuraba su nombre entre sueños, y ella se sumergió en un lugar cálido y seguro, sabiendo que lo era todo para él, la única mujer que él podría amar.

El sueño se apoderó de ella, y hasta que se quedó dormida pensó en Mabel y en sus sabias palabras. Volvería a visitarla, y llevaría a Zeke para presentársela. Sentía que llegarían a ser buenas amigas, y que podría ayudarla a sentirse menos sola. A los niños les gustaría tener una abuela, y un perro también. Además, estaba segura de que cuando la escuela estuviera en funcionamiento, Mabel colaboraría con ellos ayudando a curar los corazones de los niños, de la misma manera que la había ayudado a ella aquella mañana.

Finalmente se quedó dormida, y los dos continuaron abrazados toda la noche. Dos corazones latiendo al unísono, dos mentes unidas hasta la eternidad por el lazo más poderoso de todos, el amor verdadero.

Habían conseguido salir del infierno. Estaban en casa.

Acepte 2 de nuestras mejores novelas de amor GRATIS

¡Y reciba un regalo sorpresa!

Oferta especial de tiempo limitado

Rellene el cupón y envíelo a
Harlequin Reader Service®
3010 Walden Ave.
P.O. Box 1867
Buffalo, N.Y. 14240-1867

¡Sí! Por favor, envíenme 2 novelas de amor de Harlequin (1 Bianca® y 1 Deseo®) gratis, más el regalo sorpresa. Luego remítanme 4 novelas nuevas todos los meses, las cuales recibiré mucho antes de que aparezcan en librerías, y factúrenme al bajo precio de $3,24 cada una, más $0,25 por envío e impuesto de ventas, si corresponde*. Este es el precio total, y es un ahorro de casi el 20% sobre el precio de portada. ¡Una oferta excelente! Entiendo que el hecho de aceptar estos libros y el regalo no me obliga en forma alguna a la compra de libros adicionales. Y también que puedo devolver cualquier envío y cancelar en cualquier momento. Aún si decido no comprar ningún otro libro de Harlequin, los 2 libros gratis y el regalo sorpresa son míos para siempre.

416 LBN DU7N

Nombre y apellido	(Por favor, letra de molde)
Dirección	Apartamento No.
Ciudad	Estado	Zona postal

Esta oferta se limita a un pedido por hogar y no está disponible para los subscriptores actuales de Deseo® y Bianca®.
*Los términos y precios quedan sujetos a cambios sin aviso previo.
Impuestos de ventas aplican en N.Y.

SPN-03

LA NOCHE DE CENICIENTA

KAREN BOOTH

El empresario Adam Langford siempre conseguía lo que quería. Y quería a la rubia con la que había compartido su cama un año antes y que después desapareció. Ahora un escándalo de la prensa del corazón devolvía a Melanie Costello a su vida… como su nueva relaciones públicas, aunque el auténtico titular sería que saliera a la luz su ardiente secreto.

Mejorar la imagen rebelde de Adam era todo un reto y, mientras lo lograba, ¿cómo iba Melanie a ocultar la química que había entre ellos? ¿Sería capaz de arriesgarlo todo por el único hombre al que era incapaz de resistirse?

¡Había sido una aventura de una noche!

¡YA EN TU PUNTO DE VENTA!

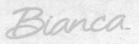